MEMORY HOUSE

记忆坊文化

恋爱吧，江小姐

上

乌云冉冉 著

江苏凤凰文艺出版社
JIANGSU PHOENIX LITERATURE AND ART PUBLISHING, LTD

图书在版编目（CIP）数据

恋爱吧，江小姐 : 全 2 册 / 乌云冉冉著 . — 南京：
江苏凤凰文艺出版社，2019.7
ISBN 978-7-5594-3827-0

Ⅰ . ①恋… Ⅱ . ①乌… Ⅲ . ①长篇小说 – 中国 – 当代
Ⅳ . ① I247.5

中国版本图书馆 CIP 数据核字 (2019) 第 114999 号

恋爱吧，江小姐

乌云冉冉 著

选题策划　北京记忆坊文化
出 版 人　张在健
特约策划　暖　暖
特约编辑　单诗杰 莫桃桃
营销编辑　杨　迎
责任编辑　白　涵 刘洲原
封面绘图　伊　塔
封面设计　80 零 · 小贾
版式设计　天　缈
出版发行　江苏凤凰文艺出版社
　　　　　南京市中央路 165 号，邮编：210009
网　　址　http://www.jswenyi.com
印　　刷　三河市国新印装有限公司
开　　本　880 毫米 ×1230 毫米 1/32
字　　数　409 千字
印　　张　14
版　　次　2019 年 7 月第 1 版　2019 年 7 月第 1 次印刷
书　　号　ISBN 978-7-5594-3827-0
定　　价　58.00 元（全二册）

Contents
目录

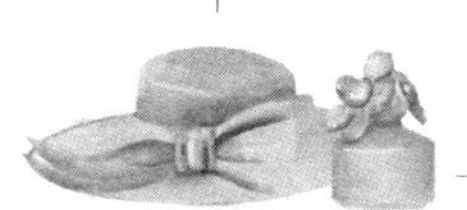

第一章 活色生香

2006年，北京。

夏天来得特别早，5月过后温度持续攀升，白天时烈日炙烤着大地，炎热又干燥。直到入了夜，有了习习凉风，才又是初夏的样子。

江美希从公司的商务车里下来，踩着十二厘米的高跟鞋晃晃悠悠地往自家小区走。

她陪着老板和客户吃饭时喝了点酒，对一般人而言真的就是一点，但是她有个外号叫作“江三杯”，意思是三杯就倒。

今天喝了几杯，她自己也不记得了，但勉强还能从小区大门走回家，就是有点费劲。

尤其是她住的小区虽然不大，但设计师硬是在这不大的空间里建出小桥流水、曲径通幽来。这样一来，对她的高跟鞋就不怎么友好了。

江美希歪歪扭扭一步三晃，好不容易靠着最后一点意识在昏暗的光线下摸到“家门”前按下开锁密码，结果竟然不对！

又试一次，还不对！

第三次，又不对！

她有些蒙了，迟缓地回头去看墙上的楼层号，是八层没错啊！

这一次，她干脆把开锁密码念出声来，念一个数，按一下，可还是错了。

今天是怎么了？下午因为工作和老板发生争执，刚才饭局上还被客户屡屡刁难，现在竟然连这道破门都跟她过不去！

而就在醉汉江美希即将爆发时，这门竟然破天荒地自己开了。

给她开门的是个高高瘦瘦的年轻男人，身上穿着松松垮垮的棉质白色T恤和黑色及膝短裤，脚上踩着人字拖，一身居家打扮。不过他头发有点长，又是背光，让人看不清五官，但还是可以看得出眼眸深邃、轮廓立体。

江美希怔怔看了他片刻，才回过神来："你谁啊？"

男人微微皱眉："江美希？"

江美希愣了愣，又笑了——差点就要以为自己走错门了，但他还知道她是谁，看来是没错。

她推开男人踉踉跄跄往门里走，一路走一路踢掉鞋子："谁让你进来的？又是江女士？我妈现在逼人相亲的段数升级了？说了不见，竟然直接硬塞进家里了！过分！"

说着，她脚下又是一软，整个人倒在了沙发上。

眼前一阵天旋地转，她立刻闭上眼，一动也不想动。

迷迷糊糊间听到关门的声音，还有男人拖鞋摩擦地板的声音，来来回回，最后脚步声停在了她身边。

"起来。"

江美希努力将眼皮睁开一条缝隙，眯着眼看说话的人，他手上此时正端着一只水杯。

"喝水。"他说。

被他这么一提醒，她倒是真觉得渴了。可是浑身绵软无力，她费了好半天劲才让自己坐起来。想伸手去接水杯，手又不怎么听使唤，直接握在了男人端着水杯的那只手的手腕上。

与她身上的灼热温度截然相反，她指腹触及的地方都是冰冰凉凉的，倒是让她觉得挺舒服。她索性就放肆一回，双手捧着男人那只手，凑近嘴边，喝了几口杯子里的水。

而自始至终男人竟然一声不吭，就在那儿安静地站着，任由她揩油，这突然让江美希觉得挺无趣的。

她用手背胡乱擦了擦嘴，口齿不清地说：“你走吧。”

“走？走去哪儿？”

这是不想走的意思吗？

她斜着眼睛看了他一会儿，然后缓缓从沙发上站起身来，朝他笑了笑：“才第一次见面你就留下来，是不是进展太快了？”

她的态度已经很明确，这是下逐客令了。

可是男人无动于衷地看着她：“第一次见面你就醉成这个样子，进展已经不算慢了。”

这个反应倒是让江美希很意外。她突然很想看看这人究竟长什么样，可是屋子里光线不好，她又真的醉了，醉得双眼无法聚焦，所有的一切都像意识流一样在她眼前晃。

所以当她刚刚踮起脚想看个清楚时，竟然不小心又崴到了脚，整个人都朝一边的茶几倒去。

好在男人反应不慢，在她倒下时拉了她一下，没将她拉住，但也没有让她直接倒在生硬的茶几上，而是摔在了柔软的真皮沙发上。只不过，他自己也跟着一起倒了下来……

没有预想中的痛感，皮肤相触的地方都是冰冰凉凉的感觉，让她觉得没那么难熬了。在所有理智溃散前的最后一刻，她想，既然他不愿意走，那就留下来吧。

于是她脑子一热，双手勾住他的脖子，把酒气熏天的自己凑了上去。

公司里上上下下都说她江美希霸道蛮横，但霸道蛮横地强吻一个男人，这还是她将近三十年的人生中的头一遭。

她明显感觉在她的唇触碰到他时，他整个人僵直了一瞬。那一刻，她听到自己稍稍紊乱的心跳——难道是她理解错了，他不愿意吗？

好在，在那一瞬间之后，他也开始回应她，先是温柔缱绻，渐渐成了狂风骤雨。

身体上的热度上来，她沉浸在他细细密密如雨点般落下的吻中。

此时夜风渐大，吹动着窗外的草木嘈嘈切切，像是正在载着什么人去赴一场急迫的约会。

江美希从来没有过这种感觉，被人操控着、调动着，从情绪到身心。而当那种四肢麻痹、心跳过速的陌生感觉猛然袭向她时，她才条件反射地想要立刻躲开，想让一切马上停下来。

而事实上，她也的确这么做了。

男人抬起头诧异地看着她，似是在用眼神询问她为什么。

她坐在他面前，心神不定地回想着刚才那种不真实的感觉，不由得去捂胸口："我好像……有心脏病？"

"心脏病？"

"就是，手脚发麻，心跳过速，有窒息的感觉……"

男人愣了愣，继而笑了，笑得很是无害，嘴唇轻轻擦过她的耳郭，低声说："那不是心脏病，那叫作'欢喜'。"

昨夜没有拉窗帘，夏日晨光从玻璃窗上倾泻而入，不算刺眼，但还是让江美希醒了。

她眯着眼睛打量了一眼窗外的天，碧空万里，又是一个好天。

她又闭上眼，习惯性地翻了个身。然而，与往日不同，手下不是冰凉的床单被褥，而是结实坚硬的、温热的、滑腻的……就像是人的皮肤？

这个意识让江美希整个人瞬间清醒了过来。她立刻睁开眼，映入眼帘的是一个男人光裸的后背，而她的手正搭在他的背上！

她像是被烫了一下立刻收回手，倏地弹坐了起来。

这人是谁？

昨晚回家后的某些画面渐渐浮出水面。只是她努力想弄清楚事情的前后，但记忆就像断了线的珠子，零零散散，拼凑不到一起。也不用再去看被子下的自己，身体的感觉已经告诉她昨晚究竟发生了什么。

她有个小毛病，紧张或者尴尬时会想找个东西抓挠一下，而她此时就不自觉地去抓手下的床单。但很快，她发现，这触感不对。低头一看，不仅床单，这个房间里的一切都不对劲！

虽然这间卧室跟她的卧室布局差不多，但是这床单、这窗帘，还有家具的款式，都不是她所熟悉的……

她连忙起身看了眼窗外，果然，窗外的小区景色也跟她每天早起看到的有些不同。

这小区里的几栋楼外观大同小异，里面户型也是如此。难道她昨晚走错门了？

这个念头一冒出来，昨晚的某些画面，连带着那些一闪而过的疑惑好像也都有了根源。

江美希暗叫糟糕，一时间不知道怎么收场，回头瞥见床上的男人还安静地睡着，这才稍稍冷静下来。

男人只在腰下搭着一条薄被，露出的上半身皮肤光洁，肌肉匀称。因为是半趴半侧卧的姿势，所以只露出一个侧脸给江美希。虽然是侧脸，但从长而浓密的睫毛，英挺的鼻梁，线条美好的下颚弧度都不难看出，这是一张挺招人的脸。

江美希不自觉地松了口气，好像也没那么懊恼了。

她蹑手蹑脚捡起自己的衣服套上，想趁着男人醒来前赶紧离开。可当她收拾停当，正打算拎着高跟鞋出门时，又有些犹豫。

毕竟昨晚是她走错门在先，印象中好像也是她先主动的。在这种事上，江美希的观念随她老板，比较西化，从来不觉得女性是吃亏的那一方，就觉得大家各取所需而已。

不过，她扫了眼满屋的狼藉，昨晚人家收留了她，照顾了她，关键是有些事情好像还挺和谐，她却把人家家里搞得乱七八糟，尤其是客厅里那套沙发，看着就价值不菲，但上面似乎还有她吐过的痕迹……这样不辞而别好像有点说不过去……

她又回到房间，从包里翻出所有的现金压在床头柜上他的手表下方，想了想觉得未必够，于是又留了张字条，附上自己的电话以及一句话：“如果不够，请再联系我。”

外面的关门声响起，叶栩缓缓睁开眼，想象着某人一早如临大敌的模样，不禁笑了笑。可当他扫到床头柜上的钱时，他的笑容僵住了。他坐起身，拿过那下面的字条，只看了一眼，脸色瞬间变得铁青！

江美希刚回到家，手机闹钟就响了，比平时早了一刻钟，她这才想起来今天上午公司里还有很重要的事情，U记一年一度的招新的最后一个程序——合伙人面试就在今天上午进行。

之所以说重要，有两个原因：第一是她要代替合伙人去主持面试；第二，面试的人中有她的亲外甥女穆笛。

说起穆笛，江美希就有点头疼。

以她那做什么事都得过且过的60分万岁的心态，明显成不了精英，所以虽然侥幸考上了财经大学，也混到了毕业，但对比U记的招人标准，她还真差了不少。而且对于能不能进U记，她自己好像也不太上心，可是家里的两位江女士——江美希她妈和她大姐，对此事十分关注，并且早有说法，意思是如果穆笛无法被录用，那就是江美希这个做小姨的不负责任。

果然江美希刚到公司停好车子，老江女士的电话就又追了过来。

为了不给自己添麻烦，她自然是以安抚为主，但为防面试结果真的有什么不测，快挂电话前，她还是先打了个预防针："放心吧，小笛的事情我会尽力的。不过您也得做好坏的打算——毕竟公司又不是咱家开的，就算是合伙人说的都未必算，何况是我一个临时替合伙人主持面试的小小总监，成不成最终还得参考小笛的表现。"

可老江女士完全不为所动："我说你这脑子能不能灵活点？你执意要留下谁能说什么？你这榆木脑袋，两年了还没做到合伙人的位置，我看跟这个很有关系！你……"

江美希发现，自己在面对老江女士时，每一句话都是多余的。她看了眼时间，已经快要迟到了，于是打断母亲说："好了，我知道了，我会看着办的，没别的事，我先挂了。"

"等一下！"江母突然放缓语气又说，"人家小张都约你好几次了，你总是加班，昨天说好了见面又没见上，你看什么时候有空赶紧见一下，别让两边大人再跟着操心了。"

不说这事还好，一说这事江美希立刻就想到了昨晚的大乌龙，刚刚勉强压着的火气，此时又蹿了起来。

有路过的公司同事和她打招呼，江美希略微点点头，快步走进电梯。

电梯里此刻只有她一个人，电梯门合上的一刹那，她也不再憋着火气了：“我说妈，您能不能别再给我安排这种毫无意义的相亲了？谁说人活着就得结婚啊？看过那么多失败的婚姻，您的，我姐的，您怎么对婚姻还有这么强烈的执念呢？这是不是也是斯德哥尔摩综合征的表现之一啊，婚姻虐你千百遍，你待婚姻如初恋？我劝您和我姐啊，有功夫劝我相亲结婚，不如先去看看病！”

“江！美！希！”老江女士的怒气一丝不减地从听筒里传递给了江美希，她是嘶吼着回应的，“我江家从来就没有嫁不出去的女儿！哪怕最后要离婚，你也得先给我找个人嫁了再说！还有，你妈我没病，就算是有病，也是被你气的！”

说完再不等江美希的回话，直接挂断了电话。

江美希听着“嘟嘟”的忙音不禁出神了片刻。

在她的印象中，这斗争已经持续快十年了，她妈什么时候才能真的替她考虑一下，不要再为了别人的眼光逼她做她不想做的事？

有那么一瞬间，她怀疑自己快要崩溃了，但是当电梯门再打开的那一刻，她又立刻重新整理好自己，像什么事都没发生过一样，大步流星走了出去。

秘书林佳见她出现终于松了口气：“Maggie你总算来了，路上堵车了？”

江美希没有回答，而是问林佳：“面试在哪个会议室？”

“第三会议室。”说到这里，林佳挤出一个笑容，“刚刚开始。”

江美希不由得挑了挑眉，她负责主持面试，她还没到怎么就开始了？

林佳很快会意，尴尬地笑了笑说：“这不是还有Kevin吗？”

“谁让他多管闲事的？”

林佳左右看了看，确定周围没人，才压低声音说：“他说是老板的意思，让你俩一起负责面试的事情，我也不好说什么呀。”

听到这话，江美希不屑地轻笑一声，不过究竟是对她那位老同学Kevin陆时禹的不屑，还是对老板这种时时想着制衡他们的不屑，她也说不上来，也不愿意去细想。

此时她们已经走到了第三会议室门前，林佳正要去敲门，江美希却没看见一样直接推门走了进去。

会议室里此时只有两个人，坐在面试官位置上的正是陆时禹，还有一个人此时正背对着她，听到声音那人也没有回头，倒是陆时禹，隔着老远朝她虚伪地笑了笑。

江美希连敷衍都懒得敷衍，一句话没说，直接走到陆时禹旁边的位置上坐下。可当她抬头看清面前的男人时，整个人瞬间石化了！

他怎么在这儿？今早刚见过的那个人是他吗？

她看着对面的年轻男人，对方也直视着她，目光坦荡，不卑不亢。

“路上堵车吗？”陆时禹突然出声，让江美希回过神来。

她迅速低头，佯装去看桌上的简历，同时整理好了自己的情绪。

见她没有回话，陆时禹也不生气，简单帮她和对面的人做着介绍：“Daniel啊，这位就是我刚才跟你提到的，我们部门的另一位总监Maggie。Maggie，你来之前，我们刚刚开始。Daniel英语很不错，专业成绩也很棒。”

江美希微笑着点了点头，目光迅速扫过面前的简历。原来他叫叶栩，英文名Daniel，今年二十二岁，财经大学金融学专业毕业，绩点排名第一名。

“那我们继续。”陆时禹接着说，“我看你成绩不错，怎么不选投行，来做审计了？”

“其实也没什么特别的，就是想多学一点东西。”

陆时禹听到这个回答，很给面子地哈哈大笑：“在我们这里确实能学到不少东西。不过好的事务所有很多，你为什么会选择我们U记呢？”

问这种问题明显就是想听别人夸自己，所以江美希原本也没在意，谁知竟然久久没有听到叶栩回话。她不由得抬起头来，发现对方正一动不动地盯着她。

两人隔着会议桌遥遥对视着，伴随着他缓缓牵起的嘴角，江美希的心底隐隐生出一丝不好的预感。

“为了一个人。”

会议室里有片刻的死静。

那之后，陆时禹“哇哦”一声，很八卦地向前探身：“我很好奇是为了谁？”

叶栩这才看向他，笑着解释说：“其实也不能那么说，就是三年前，我偶然参加过一次U记的校园招聘会，当时Maggie做了很精彩的演讲，让我从此对这个行业很向往。”

江美希松了口气。

陆时禹点头：“原来如此。”

说着他看向江美希：“看来你不经意间已经收获了一枚迷弟。”

江美希无所谓地笑了笑：“我都忘了这件事了。”

但说这话时，她已经在心底做出了决定——在她和陆时禹竞争合伙人的关键时刻，任何小的失误都可能成为她职场生涯的催命符，所以，不管这个叶栩是不是真的存了什么不好的念头，她绝对不能让他进入公司！

因为江美希没怎么提问，所以这一轮面试很快进入尾声。

陆时禹象征性地问了最后一个问题：“那你有什么问题想问我们吗？”

最后给面试生提问的机会，这好像已经成了面试的一个基本流程。网络上不少攻略指导毕业生如何在这一环节反问面试官，原则上都是不求有功但求无过。

江美希本来以为叶栩也会问一个不痛不痒的问题，没想到叶栩却看着她问：“你真的忘了吗？我们之前见过的。”

江美希已经不知道该用什么词来形容自己此刻的心情了，她甚至不敢去看陆时禹，害怕只一眼，就被这老狐狸看出什么端倪来。

片刻后，她笑了笑：“很抱歉，时间太久了，确实不记得了。”

“是吗？”叶栩也笑，“可对我来说还像是昨天、今天发生的事。”

江美希可以想象得到，如果再给他说话的机会，他还不一定会说出什么，而陆时禹肯定也会发现端倪，并且用此大做文章。所以她没有接他的话，而是直接拿起手机打给等候在门外的林佳：“叫下一个人进来吧。”

叶栩离开后，江美希一直心神不宁。很明显，陆时禹对叶栩非常满意，而且他可能已经嗅到了什么不寻常的味道，正打算深度挖掘……所以，她要以什么理由来拒绝叶栩的加入呢？

对接下来进来的几个人，江美希都只是应付一下走个过场，直到最后一个，穆笛走进来时，她才又打起精神。

不过跟她状态相反的是，陆时禹自打穆笛开始用英文自我介绍后，就表现出一副兴致缺缺的模样。

江美希见这情形就暗叫不好。因为穆笛的心理素质一向不怎么样，陆时禹的态度必定会影响她的发挥。

果不其然，穆笛自我介绍做到一半就开始结巴。

陆时禹竟然笑了，边笑还边摇了摇头。

这态度已经非常明显了。

后来，等穆笛做完了自我介绍，陆时禹只象征性地随便问了个问题。江美希听到问题，心里稍稍松了口气，因为这是她之前辅导过她的，她应该早有准备。

可谁知道穆笛也不知道是太紧张还是怎么了，支支吾吾半天，只是说：“那个……我刚才没听清，您能不能再说一遍？”

眼见着陆时禹的表情由不屑变得意外，好像在说“这你都听不懂”，江美希立刻在他再度开口之前用非常标准却异常缓慢的美式英语重复了一遍他刚才的问题。

这一次穆笛听完，很快给出了一个中规中矩的回答。

不过此时会议室里的人除了穆笛自己，怕是再没人关注她到底说了些什么。

陆时禹诧异地看着江美希。江美希早就感受到了他的目光，却并不回应，因为她知道他在想什么——一向对自己严格对别人也显得过于挑剔的她，向来对新人也不会心慈手软，这一次大发慈悲，事出反常必有妖。

江美希面上虽维持着镇定，但心里已经非常沮丧了——这半天下来，她的漏洞太多了。可偏偏无论是她和叶栩的关系，还是她和穆笛的关系，都不能被别人知道。

和叶栩的事情，她怕陆时禹借题发挥，再说那本来也只是个乌龙而已。至于和穆笛的关系……实在是因为以穆笛的条件自然没资格进U记，而她又不得不和家里的那两位祖宗交代，所以就只剩下“徇私”这一条路了。既然不是什么光彩的事，那还是得低调点处理，不然也同样会成为陆时禹手上的一把刀。

可现在的问题是，陆时禹明显已经起疑了，所以江美希不得不盘算着，一会儿陆时禹问起时，她要怎么应付。

或许是由于她的出手，陆时禹没再刁难穆笛，简单走了个过场，乐呵呵地把人送走。

面试一结束，江美希一刻也没在会议室多留，迅速起身离开。但陆时禹哪肯那么容易放过她，一路尾随她出来。

她越走越快，陆时禹在后面追得气喘吁吁。他叫她的名字，她假装没听见。

还好此时正是午饭时间，公司里没什么人，不然两位出了名的水火不容、见面就掐的总监这样相亲相爱、你追我赶的情形，被刚进公司的小朋友们看到，还不知会传成什么样。

前面就是电梯，眼看着电梯门正在关上，江美希加快脚步，在电梯门彻底关上前按下下行键，即将合上的门又徐徐打开。

于是在陆时禹追上来之前，她闪身进了电梯，然后迅速按了关门键。

电梯终于开始顺利下行，她长长出了一口气。

放松下来，她随意扫了一眼电梯里的人，这一扫，刚刚松弛下来的神经又不得不紧绷起来。

他是第一个面试完的，应该早就离开公司了，为什么还没走？

江美希心中警铃大作！

叶栩站在电梯的另一侧，看着她的目光中有隐隐的笑意。

这会儿没其他人，江美希也懒得再装了：“你不是早就面试完了吗，怎么才走？”

叶栩说："我在等人。"

这句话彻底激怒了江美希。

她没好气地说："你到底想怎样？昨天那事纯属乌龙，你不明白吗？这么纠缠不休有意思吗？"

"纠缠不休？"叶栩挑眉。

江美希冷笑："难道不是吗？我不觉得我们还有什么必要纠缠下去，而且我该做的补偿也都做了。"

"你说那是补偿？"

江美希发现不提这个还好，提到这个，叶栩的脸色明显难看了很多……难道他家沙发不止被她弄脏了，还弄坏了？不然那些钱做一次简单的护理应该也够了。但江美希很快又想到另一种可能，对方可能只是想顺便讹她！

想到这里，江美希又理直气壮起来："我知道你怎么想的，但我劝你还是适可而止吧。"

叶栩盯着她看了片刻，然后突然笑了："那你说，我该怎么做才算适可而止？"

"很简单，离我远一点。像今天这样在电梯附近堵我的事情，我希望不要再发生了。"

叶栩闻言笑了笑："你想象力真丰富。"

正在这时，"叮"的一声，电梯再度停下，电梯门缓缓打开，外面挤满了吃完饭回来等电梯的U记员工。

当着这么多人的面，叶栩回头看了江美希一眼："既然昨天那事只是个乌龙，那今天的面试是不是可以公平公正一点？"

"当然。"江美希说。

就在这时，人群中突然有人叫叶栩的名字。

江美希循声看过去，一个小胖子正跳着朝他们这边招手："我在这儿呢！"

江美希认出，那位也是来参加面试的，好像叫刘刚，看毕业院系，应该跟叶栩是同学。

叶栩看了那个刘刚一眼，又看了她一眼，这才施施然走出电梯。

在电梯门再度关上前，她听到刘刚抱怨："你说要等我也没说在哪儿，害得我找了半天！"

所以，他是真的在等人，但等的人并不是她？

当江美希回过神来时，她发现电梯再度回到了她的办公室所在的楼层。

电梯门打开，陆时禹正焦躁不安地按着外面的按键。

抬头看到江美希，他瞬间眼前一亮："哟，我正要去找你呢。怎么样，中午一起吃个饭吧？"

江美希出了电梯，面无表情地从他面前经过："没胃口。"

陆时禹立刻跟了上来："那正好，咱们讨论下录用名单的事情吧。"

该来的总会来，江美希犹豫了一下说："好啊。"

针对上午面试的那几个人，陆时禹率先表达了自己的态度，江美希对他的决定大部分是认可的。唯独在两个人的去留上，她和他意见截然不同。那就是叶栩和穆笛。

陆时禹笑："他这条件，我们有什么理由拒绝？"

江美希说："就是条件太好了，所以才要拒绝。不就是想拿我们当跳板吗？"

陆时禹说："我们公司有个数据统计，有三年工龄的人员流失率高达50%，大家都一样，怎么唯独对他这么苛刻？"

江美希顿了一下说："总之，他就是不行。"

陆时禹突然笑了："我说美希啊，那小帅哥到底怎么惹到你了？你们之前真的不认识？"

江美希回头看他："如果我说我和他认识，还很熟，他进公司后就是我的左膀右臂，这样，他是不是就可以出局了？"

陆时禹愣了一下，笑着说："我又仔细想了想，你和他能有什么关系啊，亲戚？不应该，你家出了名的阴盛阳衰，而且看基因也不像。朋友？你这人除了我哪有什么朋友！恋人？更不可能了，你那老顽固思想，肯定接受不了姐弟恋，最重要的是，对方没有斯德哥尔摩综合征的话，就不会选择你。"

说完陆时禹好像还觉得自己很幽默似的哈哈笑了几声。

江美希跟他过招多年，对他说的那些话也不生气，只是不冷不热地纠正他说：“其他的都对，唯独第二点，你别自作多情，我和你，算不上朋友。”

陆时禹无所谓地笑了笑：“太伤感情了吧，江美希？”

江美希回以一笑：“伤感情总比伤其他的强，毕竟这年头最不值钱的就是感情。总之叶栩，我是不同意录用的……要不这样吧，回头我自己去和老板说。”

陆时禹看了江美希片刻，颇为遗憾地说：“既然如此，那么我就尊重你的意思，叶栩和穆笛都不录用了。”

江美希愣了一下说：“你等等！”

陆时禹一脸困惑地看着她：“怎么了？”

如果她拒绝了叶栩，那陆时禹不管出于什么原因都会咬死不收穆笛，而且理由比她的充分太多了。

看着他一脸小人得志的表情，江美希纠结了片刻，还是说：“算了，我听说今年的业务量增加不少，你既然那么看好那个叶栩，就把他俩都留下吧。”

陆时禹没有去挑剔她话里的逻辑，只是很满意地点了点头：“那好啊，下午我就让人事部去发通知。”

送走了陆时禹，江美希几乎是瘫坐在了椅子里。为了穆笛，她不得不向陆时禹妥协，但是以后一边要和陆时禹这老狐狸周旋，一边又要防着叶栩那小狼崽子把他们之间的事情抖出去，更要防止那两人惺惺相惜、狼狈为奸！

想到这些，她前所未有地觉得工作压力好大啊……

气温一天天地攀升，空气变得黏腻潮湿，传说中的桑拿天又来了，而且来势汹汹。

大学生们都在忙着毕业，U记在那场面试后也进入了一年中的淡季。

难得在天色擦黑的时候，江美希就回到了家。她从冰箱里拿出一罐苏打水，习惯性地走到窗前，边喝边看着窗外。

此时正是华灯初上的时候，稀稀落落的不同颜色的灯光装点着小区里的住宅楼，有种让人眷恋的烟火气。

她不由得又想到了一个月前的那天早上，她从叶栩家里出来后才搞清楚，为什么印象中自己明明是回了家，结果却在另一个男人家里醒来——一模一样的两栋楼，所以她喝了点酒，就走错了门。

当然还有一个原因，就是他开门时清楚地叫出了她的名字……看来他真的早在那之前就知道她了，而且对她的出现丝毫不觉得意外。

可即便如此，那天还是发生了后面的事情。想到这里，江美希不由得捂了下脸。

正在这时，她的手机突然响了。

她看了一眼来电号码，是一位培训部的同事——这提醒了江美希，叶栩和穆笛马上就要正式进入公司了。

按照U记的惯例，每年新员工入职前都会由培训部组织一次为期四周的封闭培训。所以每年这个时候，培训部的同事就会骚扰各位合伙人、总监，或者高级经理，邀请他们去给新员工分享经验。

江美希的老板Linda为人亲和，很会调动现场气氛，每次讲课反响都很不错。还有陆时禹，衣冠楚楚，道貌岸然，在江美希看来，他别的不一定行，但给小朋友洗脑这种事倒是有一套。所以这两人都是那儿的常客，基本年年都会去。

但是她自己对这种事情没什么兴趣，几乎每次都拒绝。所以这位同事找她多半也是为了不伤面子意思一下，可是这一次，江美希决定要去。

那位同事也不掩饰意外："本来我打这个电话是没抱希望的，怎么Maggie你今年改变主意了？"

江美希笑："正好这几天有空而已。"

其实年年这个时候她都有空，但驱使她去给新人讲课的真正原因只有一个，那就是叶栩。

上一次分别时，她是笃定他不会进公司的，但是现在情况有变，有些事情还是要提前说清楚才好。而且陆时禹那老狐狸肯定已经起疑了，搞不好会借着这次培训的机会去套他的话，到时候事情穿帮，那U

记哪还有她的立足之地？

培训地点是位于郊区的培训基地，在江美希的印象里，那附近穷乡僻壤，连个卖水果的都没有。

说是要去敲打一下叶栩，其实她也想顺便去看看穆笛是否适应培训基地的生活。

去之前她特意去了一趟超市，挑选了一些日常用品和水果。

正值一天中最热的时候，人只是站着就会出汗。超市售货员正在推销一款冰杯，她就顺手买了一个，然后又在超市门口的茶吧打包了一杯冰橙汁放在冰杯里，打算一会儿一起带给穆笛。

然而，当她跟着导航找到京郊的培训基地时，才知道自己了解的信息有误。培训基地早不似从前，周遭热热闹闹，小超市、小饭馆多得是，吃的用的应有尽有。

她看着副驾驶位上的大包小包犹豫了一下，最后只拿了那只装着橙汁的冰杯下了车。

距离下午上课的时间还有半小时，她没有直接去找穆笛，而是先找到一个空的教室，确定一时半会儿不会有人来，才拿出手机打给叶栩。

"喂？"

电话响了很久才被接通，听得出那边的环境有点嘈杂，像是在饭馆一类的地方，还有人叫他的名字，看来他不是一个人去吃的饭。

江美希稍稍压低了声音说："我是Maggie。"

"谁？"

江美希有点郁闷，但还是提高音量说道："我是江美希。"

对面沉默了片刻，而后叶栩终于再开口，环境已经不像刚才那么嘈杂。

"什么事？"他问。

"你现在有空吗？来下302教室，有事跟你说。"

"我在吃饭。"

江美希压着火气耐心问："大概要多久？"

“不好说。”他顿了顿说，“有什么重要的事情不能在电话里说？”

江美希一时有点语塞，这对他来说的确算不上什么重要的事，但对她而言就不一样了。

见她不说话，他无所谓地笑了：“还是你又想给我钱？”

江美希不理会他的揶揄，干脆地结束了这通电话：“一点前，我在302等你。”

她以为他会让她空等，可是也就大约一刻钟的工夫，她听到门外有脚步声由远及近，抬头看，穿着白色T恤和浅咖色休闲裤的叶栩拎着半瓶矿泉水走进了教室。

走到她面前，他把那半瓶水放在她身后的桌上，问她：“什么事？”

江美希端着手臂仰头看着面前的年轻男人，不得不承认，无论从长相还是身材，甚至是某些方面的能力看，他都是很多女孩子心目中理想的对象。可是因为两人现在的上下级关系，他的存在就成了她的一颗蛀牙，时不时地发作一下，就能要了她的命。

“还没恭喜你，顺利进入U记。”江美希说。

“所以呢？”叶栩双手插在裤子口袋里，居高临下地迎接着她的目光，“是想告诉我，U记如你所说，是公平公正的吗？”

江美希心里已经将这小狼崽子骂了几百遍，但面上依旧淡定沉稳：“我是想告诉你，我们现在是上下级关系，你跟我说话的口气应该稍微客气一点。”

叶栩冷笑：“你叫我来就是……”

“等一下！”江美希突然出声打断了他，因为她似乎听到有其他人在说话。此时仔细一听，果然是有人在附近，而且那声音越来越近，正是朝着他们这边来的。

江美希朝着窗外看了一眼，正是那个培训部的同事朝这边走来。

为了不被人发现，她选的这间教室在走廊尽头，所以那位同事往这边来就不可能有其他的去处。

江美希急中生智，迅速看了下四周的环境，没有地方躲，只有一扇门。

此时他们俩一起出去或者前后脚出去都会显得很可疑，如果只是在这儿随意聊聊天，也会引人遐想。当下，看来只有最后一招了。

江美希从身后的桌上拿起水杯，拿起那杯橙汁时，短暂犹豫了一瞬又放了回去，转而拿起旁边那半瓶矿泉水，迅速拧开，就在那位同事跨进教室门的那一刹那，江美希把半瓶水如数泼在了对面叶栩的脸上。

“你以为你是谁？”她严厉呵斥，“把我叫到这儿来就是为了这种事？觉得自己很有魅力是不是，可以随意勾搭上司是不是？我告诉你，别以为你进了公司就可以为所欲为了！如果让我发现你能力不够或者品行不端，我照样可以让你离开公司！”

叶栩抹了一把脸上的水，不可置信地看着江美希。

江美希也看着他，余光却注意着门口的方向。见那位同事挂着一脸震惊的表情悄然离开后，江美希才松了口气，可回头再看一脸狼狈的叶栩，还有那只空了的矿泉水瓶，她有点不知所措了。

叶栩咬着牙笑着朝她点头：“我懂了，还有别的事吗？”

江美希突然觉得百口莫辩，刚才那情形她要怎么跟他解释呢？不过确实要说的话还没来得及说，于是她说：“还有。”

“还有？”

隔着一米半的空气，江美希已经清楚感受到了对面人的怒气。

虽然泼人一脸水这事让江美希有点过意不去，但是把她逼到今天这步田地的难道不是他吗？

想到这里，江美希说：“我还是想提醒你一下，职场不比学校，很多人没有你看到的那么单纯，同事就是同事，朋友都算不上，所以工作之余的事情就不要和同事说了。”

叶栩冷笑：“放心吧，我没你想的那么无聊。”

说完也不等江美希回应，他转身朝门外走去。可走出几步，他又突然想起什么似的停了下来，回头又说：“不过这也得看心情。”

江美希愣了愣，心里升起一丝不祥的预感：“什么意思？”

叶栩笑意更甚：“意思就是我心情很不好的时候可能也会做一些

无聊的事情来排解一下。”

直到叶栩离开很久之后，江美希才意识到，她本来是想仗着自己在公司里的资历，给那小狼崽子敲敲警钟，结果却被对方反将了一军！

正在气头上，江美希握在手里的电话突然响了，她没好气地接通，对方无奈地说：“谁又惹你老人家了？”

江美希这才想起来，自己还约了穆笛，于是说：“还能有谁，当然是你！这都几点了？你人呢！”

穆笛嘿嘿笑了声说：“刚才先去教室占了个座位，耽误了一会儿，怕你生气，先给你打个电话，我这就到啦！”

片刻后，穆笛到了。她一进门就先四处张望：“我要的东西呢？”

江美希皱眉：“什么东西？”

“你真忘了？我让你给我带几本言情小说的！在这里生活无聊死了！”

江美希无语：“都什么时候了，你还看小说？”

“什么时候？可以最后疯狂一把的时候啊！谁不知道U记的工作忙死了，我们也没几天好日子了。”

虽然穆笛一向不怎么上进，但她这话说得也不错，所以江美希难得地没继续训她，而是把带来的冰镇橙汁递给她：“上课时喝吧，解解暑！”

“谢谢小姨！”

江美希又忍不住叮嘱几句：“别以为进了U记就万事大吉了，以后每年都会淘汰一部分人，你自己好好掂量吧。”

穆笛不耐烦地应下，然后问江美希：“所以小姨，你叫我来就是要给我这杯水呀？”

江美希想到叶栩的事情，心情又复杂了起来。她组织了一下语言，问穆笛：“对了，我听说你们这一届有个挺优秀的小伙子……”

她话没说完，穆笛就打断她：“你说叶栩啊？”

江美希一愣：“哦，好像是叫这个名字……”

穆笛说："他确实挺优秀的，他们专业第一，听说原本是打算出国的，不知道怎么跑来找工作了。"

"我记得他跟你不是一个专业的，你怎么对他的事这么了解？"

"风云人物嘛！大家都会关注一下，而且我们现在天天上课坐一起，很熟的。"

江美希一听，暗觉不妙："什么情况？！穆笛你不会……"

"打住！打住！就知道你会瞎想，他是挺好的，但不是我喜欢的类型。"

江美希松了口气，不过还是有点好奇，毕竟叶栩那长相一看就不是省油的灯。

"为什么？"她问穆笛。

穆笛想了想，勉为其难地回答说："情敌太多了，整天提心吊胆的，烦都烦死了。"

江美希笑了，这个答案倒是很"穆笛"。

"那你还整天跟他凑一块，又是为什么？"

穆笛笑嘻嘻地说："这不是培训完还有个结业考试吗，先搞好关系再说。"

"不是吧！我说穆笛小姐，这种考试你都想着作弊？"

"大家都作弊，你不知道而已！"穆笛不以为然地看了眼时间，"呀！快上课了！"

江美希烦躁地朝她摆了摆手："快走！快走！看见你，我头疼！"

"那亲爱的Maggie，小的先告退啦！"

跟学霸做朋友也需要天时地利人和，穆笛和叶栩是同系校友，这是天时；两人一起进了U记，这是地利；剩下的就差人和了。

穆笛早就发现叶栩每次来教室都很晚，有时候甚至找不到座位，所以就以老同学的名义提出顺便帮他占座位。叶栩没拒绝，她的攀附学霸之路也就开启了。

还好穆笛去见江美希之前就占好了位置，还把座位的大致位置通过短信告诉了叶栩，不然她这个时候赶到还真是没位置了。

今天叶栩比她到得早，正坐在位置上低头看书。穆笛走过去，坐在他旁边的空位上，把手里的冰杯放在桌子的一角。

叶栩回头看了她一眼算作打招呼，而当那一眼扫到她面前的粉红色冰杯时，竟然皱了皱眉头。

“哪儿来的？”

穆笛愣了一下，顺着他的目光看去，才明白他在问什么。虽然也搞不懂一向对任何事情都没什么兴趣的人，怎么突然对她这水杯这么感兴趣，但还是把自己在回来路上想到的拙劣谎话掏了出来。

“一直带着的呀，刚才太渴了，出去打了杯水。”

说着怕叶栩不信，特意打开来想喝一口，一打开才发现里面竟然是橙汁。

于是干笑着补充了一句：“打了杯橙……橙汁……”

穆笛自问这辈子说的瞎话无数，但像今天这么瞎的还是头一次。不过她很快注意到了别的事情。

“你怎么头发湿湿的？衣服也是……”她看了眼窗外，“没下雨啊。”

叶栩没好气：“洗了个脸。”

穆笛又扫了眼他几乎全部湿透的T恤，干笑两声说：“这脸洗得挺彻底的。”

江美希看着时间，估摸着穆笛已经到了，才拎起包包往阶梯教室走去。

她没有走正门，而是从后门进了教室，然后从学生们中间一步步走向讲台。

原本乱糟糟的教室突然安静了下来，静得甚至只能听到她的鞋跟敲打地板的声音，丝毫不像一间坐着三四百人的教室。

就这样一步一步地走到讲台上，她缓缓放下挎包，拿出手机并调成静音，这才抬起头来，扫了眼讲台下方的人群。

没有课件，没有教材，她说：“大家好，我是Maggie。”

她记得上次在这里，她也说过同样的话。当时老师让大家做自我介绍，第一次公开亮相，其他人都想尽办法让自己被人记住，只有她，简简单单只说了那么一句。她不是想特立独行，她只是怯场了，把准备好的发言全都忘得干干净净。可是谁又能想到，当年那个有点胆怯的女孩，会变成现在这样。

具体是什么样——江美希扫了一眼台下或交头接耳、窃窃私语，或大气都不敢喘一下的众人，轻蔑地笑了笑。

他们以为他们的小动作她看不到？还是他们在说什么，她猜不到？她不去理会，不是她不在意，只是她承受过的远比他们想象的要多。

感受到一道灼热的目光，江美希顺着那感觉看过去，脸上的笑容倏地凝固了。

叶栩正懒洋洋地坐在那里看着她，旁若无人地，满是嘲讽地。

他脸上的水已经被擦干净，但是湿漉漉的头发和上衣还是让她有点愧疚。

她很快把视线移开，轻咳了一声，开始今天的内容。

她没有像其他老师一样从U记的历史和文化入手，而是直接分享了几个工作案例。所有的内容都是干货，而且她讲得浅显易懂又非常生动，所以整整一个小时，教室里鸦雀无声。

直到距离下课时间还剩几分钟时，她觉得有必要找几个人来提问一下，看看讲课的效果。

目光扫到台下，气氛开始有点紧张，不管刚才是不是在认真听讲的人，此时都在有意无意地避免着与她的目光相触。

叶栩他们身后的女生A见此情形不明所以地问女生B："其实从刚开始上课时我就想问了，怎么感觉大家都很害怕这个Maggie？"

B小声说："那你得好好补一补U记的八卦了。你没听说过吗，U记有两虎，一公和一母。"

A女生好奇："什么一公一母？"

B说："公的就是上午给我们上课的Kevin，人称笑面虎。据说他私下里为人很亲和，但是这个人一旦切换成工作模式，就会变得六亲不认、铁面无私，做项目时压着下面人连轴转是常有的事，生病也不许请假！”

“嘶……”A忍不住搓了搓手臂，“这么可怕啊！那Maggie呢？”

“她？她的大名就更响亮了，在整个大中华区都赫赫有名。传闻中她这人刻板！教条！龟毛！工作狂！没朋友！”

A偷笑：“那这两人还挺配的。”

B说：“算了吧，一山容不得二虎，你没听说过吗，这俩人为了争合伙人的位置打得不可开交呢！”

A问：“那你看谁更有希望？”

B说：“我觉得是Kevin吧，女孩子嘛，在职场上肯定要比男的差一点。”

一直在前面偷听两人说话的穆笛听到这里有点坐不住了，别的她可以忍，甚至还无比认同，但是说她小姨当不了合伙人这事，是江家人就绝对不能忍！

她正想回头怼B两句，旁边叶栩竟然先她一步回过头去：“很吵。”

后面两位立刻噤了声，而叶栩还没完，他紧接着又补充了一句：“真不知道像你们这种还没入职场就自认不如别人的人，是怎么被U记录用的。”

这话简直大快人心，穆笛在心里暗暗称快。可当她回过神来时，才发现教室里的气氛好像不大对。

所有人，甚至包括江美希，都在看着他们这边。

“那位男同学……”江美希的声音没什么温度。

教室里静悄悄的，只有头顶风扇发出的呼呼的旋转声。

叶栩与她对视片刻，正要起立，就听她突然话锋一转：“后面那位女生，你来回答一下我刚才的问题。”

叶栩怔了怔坐回原位。

女生B怀疑地指了指自己：“我吗？”

江美希缓缓点了下头，脸上没有一丝多余的表情。

女生B颤颤巍巍站了起来，江美希又给了她最后一击：“请用英语回答。”

女生B刚才忙着说八卦，本来就没听到江美希的问题，现在听说还要用英语回答，只想找个地缝钻进去。在座的都是学校里的精英，她这样干站着挨训实在太丢人了，于是眼一闭心一横，胡诌起来。

教室里响起低低的窃笑声，江美希不为所动，端着手臂做出倾听的姿态，完全没有叫她停下来的意思。

最后还是女生B实在编不下去，自己停了下来。

教室里又安静了下来，过了好一会儿，江美希才开口："我们公司人力资源的同事曾经给过我一个数据，员工入职三年后的离职率高达50%，你知道他们都去了哪儿吗？"

还没正式进入公司，女生B就被搞得这么没面子，心里免不了有气，于是有点赌气地回答说："跳槽了呗。"

江美希摇头，一字一句地给出正确答案："是被跳槽。所以并不是进了U记就万事大吉了，能不能留下来，还要看各位的本事。"

下课铃声在此时响起，江美希拍了拍手说："好了，今天就到这里吧。感谢大家来听我的课，希望对你们有所帮助。"

正当江美希打算宣布下课时，培训部那位同事突然风风火火地冲了进来，跟在他身后的是去而复返的陆时禹，还有他们的老板Linda。

Linda朝着讲台上的江美希笑了笑。江美希从意外中回神，回以一笑，走下台来。

培训部的同事向众人介绍："今天特别荣幸地请到了我们U记最优秀的合伙人之一Linda。Linda工作特别忙，是典型的'空中飞人'，在公司的时间都很少，今天Linda也是百忙之中抽出时间来给大家上课，大家鼓掌欢迎！"

在众人的掌声中，Linda走上讲台，江美希和陆时禹找了前排的位置坐下。

江美希问陆时禹："你不是早该回市里了吗？"

陆时禹耸了耸肩："都走到半路了，听说她突然要来，正好我也没什么事，就又折了回来，给老板捧捧场嘛。"

江美希冷哼一声："马屁精！"

陆时禹也不生气，无所谓地笑了笑："没办法，跟你这老板一手带起来的嫡系部队不能比啊！"

"啊，你看Maggie和Kevin好像关系挺好的，不像你说的那样……"说话的又是A。

B"切"了一声："做做样子谁不会？"

穆笛不喜欢听到别人抹黑江美希，转过头小声提醒后面的两个女孩："别说了，小心一会儿又被点名。"

两个女孩撇了撇嘴，但也都没再说什么。

穆笛转过头来时，目光扫到身边的叶栩，发现叶栩脸色不善。她顺着他的目光看过去，正看到前排的江美希和陆时禹有说有笑。

"你是不是也很不喜欢他们俩呀？"穆笛小声问。

其实那些关于U记二虎的传闻，她也早有耳闻，但是她从来没跟江美希确认过，一方面是不敢，另一方面，就她对江美希的了解来看，那多半是真的……

叶栩说："还好，不过更不喜欢其中一个。"

"哦。"穆笛没敢问他更讨厌谁，她对她小姨的人缘真的没什么信心。

她没有追问的意思，倒是叶栩突然回过头，目光先是扫过她桌上的水杯，最后停留在她的脸上。

"你们什么关系？朋友？亲戚？"

穆笛被问得有点蒙："你在说什么？"

叶栩沉默了片刻说："算了。"

台上Linda的发言沉稳大气不失幽默，时不时引得台下一众"小朋友"笑声连连。不过她没有讲太久，不到一个小时就结束了所有环节。

其实她这次来的主要目的是见见自己部门的这批新人，于是一早就和陆时禹交代过，晚上要请这批新人一起吃个饭。

培训基地后面有个湖，湖边有几家路边烧烤摊，陆时禹就把晚上的聚餐安排在了其中一家。

郊区不比市里，入了夜就显得空旷冷清。此时的湖边，除了那几家烧烤摊附近还算热闹，其他的都和黑漆漆的夜色融为了一体。

陆时禹招呼众人落座，又把菜单递给几个小朋友，让大家点菜：“平时都是老板压榨大家，像今天这种‘吃大户’的好事，我入职这么久也没赶上几次，机会难得，大家不要客气。”

其实在来的路上，大家就有说有笑聊了一路，已经不像初见时那么拘谨了。

尤其是Linda，一点没有老板的架子，此时听到陆时禹这么说，不禁大笑：“你少在这里装好人了！你别以为你的名号我没听过！”

说着她看向穆笛他们：“究竟是谁压榨谁，你们很快就知道了！”

陆时禹无所谓地笑：“我这还不是上行下效吗！”

他这么一说，大家也都笑了起来。

他是活跃气氛的高手，一开始还有些小朋友因为老板在场显得有点拘束，后来似乎是发现老板们也都和平常人没什么不同，就彻底放松了下来。再加上酒精的作用，气氛很快就活跃了起来。

饭吃得差不多了，但时间还早，立刻有人提议做游戏。商量来商量去，最后选了个最简单的猜数字游戏。

游戏规则就是一个人想好一个数字写在纸上，其他人不断地缩小数字所在的区间范围，直到猜出正确的数字为止。猜对的人可以请他旁边的两个人表演才艺或者喝酒。

江美希吃饭时被逼着喝了两杯啤酒，此时脑子有点发晕，就听之任之，由大家安排。

前面几局惩罚、奖励都没有涉及她，她乐得跟着众人看个热闹。而接下来这局轮到她想数字了。

她接过穆笛递过来的纸笔，想了一下，在纸上写下38。

说来也奇怪，之前几轮最多猜个七八回也就猜到了，但这一次迟迟没人猜出正确答案。

到了穆笛，她猜江美希会写一个和生日有关的数字，而她是1月20日的生日，于是就猜了20，可还是不对。

轮到叶栩时，他想着前面已经有人猜过年龄、生日，也实在没什么头绪，就猜了18，她的手机尾号。结果依旧不对。

叶栩后面是陆时禹，而此时正确答案所在的范围区间依旧很大。但陆时禹不慌不忙，喝了口啤酒，望着对面的江美希说："是不是38？"

江美希愣了一下："你怎么知道？"

这就是说猜对了！众人欢呼，Linda自认对江美希足够了解了，都没猜到，也问陆时禹是怎么猜到的。

陆时禹说："我看你们前面有猜年纪的，猜生日的，明显是不了解Maggie嘛！我们Maggie再强悍也是个女人，女人过了二十五岁自然就开始避讳提到自己的年龄了，所以她肯定是不会给大家机会讨论这个的。至于猜生日的，Maggie很敬业，也是典型的工作狂，她可能自己都快忘了自己生日是哪天吧。"

有人等不及了："所以38到底有什么特殊意义？"

陆时禹笑着瞥了那人一眼："这一行干久了对数字都很敏感，所以我跟你们的方向不一样，我猜Maggie一定会写下某条会计准则，巧的是前几天我去她办公室时，正好看到她桌上的书翻到了IAS（国际会计准则）38。"

Linda恍然大悟，回过头问江美希："真是这样吗？"

江美希不置可否地笑了笑。

众人立刻拍起马屁，赞叹陆时禹思维缜密，就连穆笛也感慨："看来Kevin真的很了解Maggie。"

只有叶栩好像是个彻彻底底的局外人，等众人感慨得差不多了，他问："要怎么惩罚？"

陆时禹怔了一下说："哦，对了，差点忘了还有惩罚这回事，叶栩同学很自觉啊！"

陆时禹的一边坐着叶栩，另一边就是上课时坐在叶栩身后的女生B。她从面试阶段就想方设法接近叶栩，明眼人都看得出她对叶栩有意思。此时正好要让她和叶栩表演才艺，大家也就做个顺水人情，起哄让两人接个吻。

江美希没想到这一届小朋友这么奔放，但想到被整的是那小狼崽子，心里又有点幸灾乐祸，只是碍于自己的身份不好明着火上浇油，便只好隔岸观火地笑看着大家起哄。

叶栩突然站起身来，女生B见状，脸立刻就红了。

正当众人以为叶栩会朝着女生B走过去时，他却只是说："我认为这个惩罚不公平。"

众人意外："什么意思？"

叶栩说："那么容易就被别人猜中心思，不是更应该接受惩罚吗？"

陆时禹愣了一下："你说谁？"

叶栩看了眼江美希："她。"

陆时禹问："Maggie？"

叶栩说："对，我觉得最应该接受惩罚的是她。"

江美希这才意识到，中午那事并没有过去，被泼一脸水的某人正想尽办法报复她呢。

江美希说："可是之前几轮都是按照这个规则来的，现在临时改变才是不公平吧。"

叶栩没有直接回答她，而是转向Linda说："为了表示对之前接受惩罚的人的公平，我愿意接受惩罚，但我觉得她更应该接受惩罚。"

Linda也被叶栩弄得有点蒙，怔了怔问："所以呢，你觉得到底怎样才更合理？"

叶栩看向江美希："所以，我勉为其难亲她好了。"

穆笛闻言倒吸一口凉气，陆时禹和Linda则不可置信地看着他。

其他人早忘了Maggie是什么身份，也忘了那个关于U记二虎的传闻，在安静了片刻后，爆发出一阵穿破夜空的狂欢——他们为他们当中有这么有种的人而感到骄傲。

在众人的起哄声中，叶栩朝着江美希走了过去。

江美希怎么也没想到事情会急转直下波及自己。

她望着年轻男人越走越近，听着自己如擂鼓般的心跳，一句毫无杀伤力的"你敢"刚一出口，就被淹没在众人的尖叫声中，与此同时她只觉眼前一暗——他真的亲了下来。

他竟然真的亲了下来！

这不是那种迫于无奈一触即分的吻，众目睽睽之下，一片叫好声中，他完成了一个情意绵长的吻。

江美希气息不匀、不可置信地仰头看着面前的年轻男人：“你疯了吧？”

然而除了叶栩，没人听得到她在说什么。

众人还在没完没了地尖叫着，叶栩已经回到座位上。

Linda碰了碰江美希的手臂：“感觉怎么样？”

江美希用行动回答了她——她狠狠地擦了下嘴：“反了他了！”

Linda“扑哧”一笑：“你呀，这脾气性格该收敛一下了，总被人叫母老虎也不好听啊。不过我看这小朋友不错啊！”

江美希没好气地看了她一眼：“说什么呢！”

Linda笑着压低声音说：“我一直以为你和Kevin能凑一对儿的，还一直想着撮合你俩，可你俩一个比一个不解风情……现在上面有意从你们两人中升一个做合伙人，我一听说这事就知道我这些年的努力是白费了！所以有个新的选择也不错。”

江美希心不在焉地说：“我怎么不知道你还有这心思。”

Linda笑了笑说：“说真的，那小伙子挺不错的，长得比Kevin还招人，他敢这么当众亲你，说明也不是个善茬儿。”

江美希心烦意乱地看向别处：“小朋友而已，怎么可能？”

她突然觉得自己没办法再待在这个地方了，于是站起身来对Linda说：“我去趟洗手间。”

Linda笑着点头：“去吧，顺便补一下妆。”

刚才叶栩强吻江美希的小高潮一过，众人也就没有再继续玩下去的兴致了，毕竟比起刚才那一轮，后面不会出现更精彩的了。

于是众人就三三两两互相敬酒聊天。

陆时禹端着酒杯和叶栩换了个位置。穆笛见他坐过来，也连忙端起酒杯，小心翼翼地叫了声Kevin。

陆时禹笑容和煦地跟她碰了碰杯，问出的话却不怎么温和：“你和Maggie什么关系啊？你知道她的生日。”

穆笛愣了一下，连忙否认：“我和Maggie能有什么关系呀？那数字我随便猜的，真的！”

陆时禹脸上笑容不变：“她是不是和你说你们的关系尤其不能告诉我啊？怕什么啊，我和Maggie是老同学，你知道吧？她的亲戚朋友就是我的亲戚朋友。”

穆笛又想起外界说他是笑面虎的传言，之前她对这种说法还没什么切身体会，但此时她只想举双手双脚表示赞同。

“我真的瞎猜的……”

叶栩坐在一旁静静听着，不禁勾了勾嘴角。正在这时，放在口袋里的手机振了振，他拿出来打开一看，是一条短信。

“我在湖边，给你五分钟，过来见我！”

叶栩抬头朝河边望了一眼，除了黑漆漆的夜色，什么也没有。

“820是谁啊？还有叫这名字的？”

陆时禹不知道什么时候凑了过来，也不知道究竟看到了多少短信内容。

叶栩不急不忙地收起手机，对他说：“刚喝了点酒有点晕，我去透透气。”

陆时禹意味深长地拍了拍他的肩膀：“晕就对了，去吧！”

叶栩起身，朝着湖边走去。

渐渐远离了人群，想起陆时禹刚才的问话，他不禁冷笑一声。那个号码在他进入U记前就已经存在了，至于姓名为什么存成820，那得问问那号码的主人——有零有整刚好820块，她是怎么给他定的价？

白日里看着既不壮观也不浩渺的城中湖，此时被包裹在茫茫夜色中，竟也显出几分神秘萧索来。

江美希在湖边等了好久，才听到身后有脚步声传来，与她此时的焦躁不安相比，对方的步伐显得有些过于沉稳淡定了。

她回过头，正看到一个高高瘦瘦的身影迤迤然地从黑暗中走来，最后停在了距离她两米外的地方。

江美希的第一反应是看他身后，想确认他有没有被其他人发现。

叶栩像是看出了她的顾虑，揶揄地笑了笑说：“放心，再往前走几公里就不是北京了，那些人跟不到这里。”

江美希大大地松了口气，然后才想起正事来。

她怒气冲冲地看着叶栩：“刚才你那是什么意思？”

叶栩双手插在裤子口袋中，懒洋洋地说：“游戏而已。”

“游戏？游戏规则可不是那样的！”

叶栩无所谓地说：“比起那个我不认识的女生，咱俩毕竟不是第一次了，所以两者相比，我选择你有什么不好理解的吗？你不会以为我特别想亲你吧？”

她当然知道他不会，在她看来，他那纯属幼稚低劣的报复。

江美希深吸一口气：“你到底想怎样？！”

“这话应该我问你，叫我来到底什么事？”

“当然是提醒你，想你该想的，做你该做的。不管以前怎样，我们现在是上下级关系，你知道吗？人言可畏你懂吗？你应该时刻注意你的言行，就像刚才那种事情，以后不要再发生了！”

“是吗？”叶栩笑了，“如果真的知道人言可畏，好像就不该一次又一次地单独约男下属来这种没人的地方见面吧？”

江美希被噎得一句话也说不出来。

叶栩点了点头：“也是，人言可畏。那没其他事的话，我先回去了。”

说着，叶栩转身往来路方向走去，可刚走两步，又想起什么似的停了下来。

“哦，对了……”他回头看了眼江美希，突然抹了下自己的下唇，“没人告诉你吗，这个唇膏的颜色不适合你。”

说完便转身朝着漆黑的夜色中走去。

江美希要疯了！中午时想吓唬吓唬他，结果反被他要挟，刚才叫他出来是想训他几句，结果又被他调戏了？

想她江美希长这么大还没受过这种窝囊气！尤其对方还是个初出茅庐的小狼崽子！

她想，无论如何，必须让他离开U记！

江美希这近三十年的人生其实挺“精彩”的：她四五岁时，父亲带着全家值钱的东西突然消失，把她和姐姐留给了没工作的母亲；二十几岁时，已经谈婚论嫁的男友突然提出分手，于是嗷嗷待嫁的她一夜之间变成了单身；这些年在公司里，她硬生生把自己从一个职场小白变成了人人喊打的女魔头。

她也曾害怕怯懦，但是她越来越明白，你怕困难，困难就会欺负你，你不怕麻烦，麻烦反而会绕道而行。

与天斗，与地斗，其乐无穷。这句话在江美希身上体现得淋漓尽致。

但是此刻，江美希面前摆着一张纸，时间已经过了半个小时，那上面依旧只有一个“1”，其余的什么也没有。

她需要制定一份赶走小狼崽子的详细计划。斗争的血腥味已经很浓烈，但好斗的江美希却一反常态，非但没有感到热血沸腾，反而觉得脑壳疼……

在仔细研究劳动法和公司规章制度之后，江美希发现，自己可以利用的只有每年一次的年底“小黑会”上的打分权。

这个“小黑会”对U记的每个员工来说都非常重要，因为这直接关乎一个员工是否能够顺利升级。

江美希之前讲课时提到的“被跳槽”并不是危言耸听，因为一般人还是渴望留在U记的，除非不能升级。同期的同事如果成了自己的上级，还可以对自己指手画脚，大部分人是无法接受这种落差的，所以才不得不跳槽。

能在员工最后的综合得分上起作用的，除了参会的老板们，这个员工的对接负责人的话语权也很重。

所以江美希下一步要做的就是努力成为叶栩的对接人，而要成为他的对接人，就必须每个项目都带着他。除此之外，为防他在别人面前说什么不该说的话，她还要尽可能地减少他和其他同事的长时间接触。也就是说，她要尽可能地亲自带他！

原本这份殊荣是打算留给穆笛的，但是现在情况有变，也就只能便宜那小狼崽子了。

正好Linda刚谈下一个IPO（首次公开募股）项目。不算很大的项目一般不用总监级别的人亲自带队，但是这个公司老板是Linda的熟人介绍来的，公司资质又不算很优，Linda特意嘱咐过，最好由江美希亲自接手，她才放心。原本江美希还有点犹豫，毕竟手上活还很多，但是现在多了个不定时炸弹叶栩，她决定亲自来做这个项目。

确定这件事后的第一时间，她就通知秘书林佳把叶栩后面三个月的时间全部占好。

新人进公司接项目，这本来是很正常的事情，但是当江美希在卫生间里偶然听到其他同事议论这件事时，她才意识到自己又一次低估了群众的想象力。

女同事甲夸张地说：“我听培训部那边同事说，好像新来的那小帅哥不懂行情，想找个靠山，结果好死不死找到Maggie，还约她在空教室见面。”

女同事乙很配合地捧场：“这么刺激啊！然后呢？”

同事甲说：“咱这位是个什么主你也知道啊，非但没异性，更加没人性啊！那小帅哥简直被完虐啊！据说小帅哥向她表明心迹，她二话不说泼人一脸水！是真泼啊！还说‘你别以为进了公司就可以为所欲为了，如果让我发现你能力不够或者品行不端，我照样可以让你离开公司’！”

同事乙说：“哇，果然是Maggie，气场是有的，不解风情也是真的……”

同事甲说：“谁说不是啊，你是没见过那小帅哥什么样，如果他看上的是我，我保证立刻从了他！”

同事乙笑：“你又犯花痴！对了，后来怎么样？”

“后来Linda去了，请这批新人吃饭，吃完饭后就做游戏，小帅哥也不是善茬儿啊，当时按照游戏规则是让他吻另外一个女生，结果他为了报复，主动和Linda说要吻Maggie！”

同事乙尖叫起来：“真的假的？！”

“当然是真的，现在公司上下都知道了。”

“所以，那个IPO项目，Maggie点名要带着小帅哥去，其实是为了伺机搞死他吗？”

江美希整了整衣服，“咣当”一声，推开门走了出去，不慌不忙走到洗手台前，打开水龙头，慢条斯理地开始洗手。

她边洗边从镜子中扫了那两人一眼：“我要搞死谁？”

“Maggie！其实……我们也是道听途说……培训部那边传出来的……”

“对对对！”

那两位女同事一见话题主角在此，早就吓得魂飞魄散了，语无伦次地道了个歉就溜之大吉了。

她们离开后，洗手间里再度安静下来。江美希这才意识到，一个月的培训时间已经结束，叶栩正式进入公司了。可是她脑子里浮现出来的却是那天他当众吻她的情形，还有他们第一次见面时，她捧着他的脸时，他看向她的那一眼……

她感到额角的某根血管正突突跳动着，她不禁伸手按住，想不到到了这个年纪，竟然又摊上大事了。

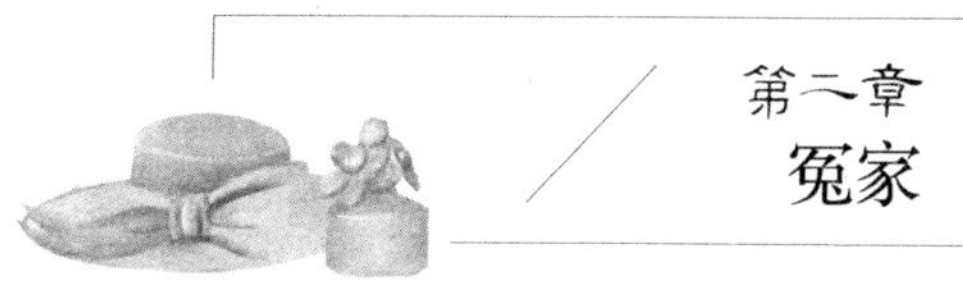

第二章 冤家

晚上回到家，江美希就发现，对面楼上那扇窗竟然破天荒地亮了。她以为是自己看错了，正要重新数一遍楼层确认一下，一个高高瘦瘦的身影就出现在了她的视线中。

叶栩穿着单薄的T恤和略长的宽松休闲裤，和面试时衬衫西裤的精英范截然不同，和一个多月前他们第一次见面时差不多。但是好像无论是哪一种风格，都很适合他。

他在房间里徘徊了片刻……隔着老远，江美希虽然看不真切，但是凭借模糊的场景和动作也能把画面脑补全——喝水、摘手表、看手机，然后脱掉了T恤，美好的肌肉线条立刻暴露在了江美希的视线内。

江美希毫无防备，正端着水杯喝水的她差点呛到自己。剧烈咳嗽一阵后，她抬眼看对面，叶栩正在解裤带……

江美希连忙心虚地错开视线，心里不禁暗骂叶栩这脱衣服从来不拉窗帘的暴露癖什么时候能改，可是脑中不由得浮现出那天晚上的某些画面。伴随着零星记忆碎片的慢慢拼凑，一个小小的声音从心底冒出——看一下又怎么了？又不是没见过。

然而，当她好不容易说服自己再把视线移回对面那扇窗时，原本亮着的窗户已然漆黑一片了。

这动作可真够快的！

第二天一早，江美希刚到公司，就看到一个刚进公司两年的女下属正在对着小镜子涂口红。她不由得微微挑了挑眉，倒不是说上班不能化妆，而是这位女同事是公司里少数不太在意形象的年轻女孩之一。

女同事把所有的注意力都放在了自己那张嘴上，完全不像平日里那么警觉，以至于直到江美希走近，她才注意到她，立刻手忙脚乱地收起口红和镜子。

江美希想假装没看见直接走过去，可当她走到女同事面前时，还是没忍住停下脚步提醒了一句："口红擦到外面了。"

女同事愣了一下随即明白过来，可第一反应不是去照镜子修正妆容，而是直接抽了张面巾纸简单粗暴地把嘴巴擦得干干净净，擦完还战战兢兢地朝着江美希露出一个很讨好又抱歉的笑容。

江美希看着她这一连串的反应不由得愣了愣，但很快，她自嘲地笑了笑，无所谓了，这么久了，她难道还没习惯吗？

于是她什么也没说，朝自己办公室的方向走去。

快到办公室门前时，她又遇到了刚从陆时禹办公室里出来的叶栩。

江美希皱了皱眉，他怎么会从陆时禹办公室里出来？如果情报无误，他们两人目前应该还没什么项目交集……看来是有人还没死心。

江美希朝叶栩身后的玻璃窗望了一眼，陆时禹正懒懒靠在老板椅上笑着跟她打招呼。

她权当没看见，目光又落回叶栩脸上，开口时的语气比刚才提醒那位女同事时冷了不知道多少倍："林秘书和你说了吗，明天要去趟南京，调查一家半导体公司。"

"我知道。"叶栩说。

"既然知道了，一大早的没事情做吗？那家公司的背景了解好了吗？半导体企业的运营相较于其他行业有什么特点知道吗？行业竞争情况怎么样？技术特点对财务状况有影响吗？"

正常情况下，江美希说的这些，已经足以让一个刚入职几天的小朋友手忙脚乱、慌不择路了。可是正当她以老板的姿态等着看叶栩服软时，叶栩却用比她还清冷的口气回答说："昨天晚上下班之前我发了一份报告到你的邮箱，恰好包括你刚才提到的那些。如果你昨晚晚走一小会儿，或者今天早到几分钟，现在应该已经看到那封邮件了。"

江美希飞快地扫了眼墙上的挂钟，九点零二分。所以他是在暗示她迟到了吗？

这让她有点尴尬，因为不用回头她也知道身后有多少双眼睛正在盯着他们这边。

但江美希是谁？与叶栩对视了几秒，她笑了笑，既然所有人都认为她想借着这个IPO项目搞他，那她也不能让大家太失望，只不过搞死倒是不至于，给这小狼崽子一点爱的教育却是可以的。

于是她说："看来你对这个项目还是很有热情的，不用着急，我们来日方长。"

被"恐吓"了的叶栩不慌不忙地笑了："求之不得。"

江美希刚在办公桌前坐下来，就收到了穆笛的短信。

"小姨，我能不能和你打听一下，你和叶栩到底有什么深仇大恨啊？有杀父之仇吗？刚才你们俩对视那几秒，我好像都看到四溅的火星了！"

江美希随手回复道："你姥爷怎么没的，你不清楚吗？"

"那你俩才认识没几天，为什么关系这么紧张？"

"你不是小道八卦挺多吗？"

"你说叶栩勾引你不成，结果惹怒你的传闻吗？我有脑子，我才不信呢！"

江美希看到穆笛的短信有点好奇："为什么？"

"我俩以前虽然不熟，但他可是我们学校名人啊，所以对他的事，我多少了解点。在校四年追他的漂亮女孩子无数，可他看都没看过一眼……而且我听他一个舍友说，他们男生宿舍偶尔会整点小黄片来看嘛，可是每次这种时候叶栩都会自己躲出去，从来不和大家一起看。所以我们怀疑，他根本不喜欢女人，对女人提不起'性趣'来。"

江美希看到这条信息差点笑出声来。

“不可能。”

“咦，小姨你怎么这么笃定？”

看到这条时，江美希握着手机的手不由得一顿，片刻后，她回复穆笛：“你和他那位室友聊得很深入嘛。”

如她所料，穆笛的短信没再发过来。她满意地打开电脑开始工作。

下班时，江美希路过穆笛的工位，发现人已经不知去向，但桌子上的东西让她停下了脚步。

这家伙不知道从哪儿搞了个军用望远镜，办公室里用得着这东西吗？

江美希拿起来看了看，抬头见办公区里已经没什么人，便拿起望远镜放在眼前试了试，很奇妙地发现几十米开外的一个台历上的数字都看得清清楚楚。

不知怎的，她突然就想起昨晚那扇窗子里的情形……

正在这时，眼前突然一黑，江美希不明所以地转了转调焦旋钮，然而还是漆黑一片。她试着往后推了一下，面前的漆黑一片渐渐有了颜色，淡蓝色的，有暗纹的，好像今天在哪里见过……

“好玩吗？”一个清清冷冷的声音突然响起。

江美希手一抖，望远镜直接从手里飞了出去，还好对面叶栩反应够快，轻轻松松稳稳接住。

有惊无险，江美希长出一口气。

叶栩把望远镜递到她面前：“还不下班吗？”

江美希接过望远镜狐疑地看了他一眼：“有事吗？”

“外面下雨了。”

“所以呢？”

“你是不是可以早点下班了？”

问这些干什么，莫非他要约她？江美希立刻警惕地扫了眼四周，所幸周围没什么人。

叶栩像是读懂了她的眼神，安抚性地说：“大家都去吃饭了。”

江美希暗自松了一口气，抬头再看叶栩，只觉得头疼，这样提心吊胆的日子不知道还要过多久。她想她很有必要好好敲打他一下了。

“我想我该说的话都已经说得很清楚了，在公司里和我保持正常的上下级关系有那么难吗？职场是个有规则的地方，遵从上司的意思就是这里的规则！我一直以为你是个聪明人，现在看来是我看错了。”

江美希对自己这一番话很是满意，既表现了她的不满，也表现出了她对他的失望；同时再次暗示他，他如果继续这样不懂规矩，她是完全有能力让他在这儿混不下去的。

叶栩沉默了片刻后说：“我就是想说外面下雨了，我没带伞，如果可以，想搭个顺风车。不过如果这就已经超出了你所谓的‘正常的上下级关系’的话，那就算了。”

江美希愣了愣，她真的误会他了？

叶栩走到门口，突然又停下脚步转过身来，看着江美希：“知道你为什么会想那么多吗？”

“为什么？”江美希想都没想脱口而出。

叶栩笑了笑，无比风轻云淡地说：“因为你，做贼心虚。”

等江美希反应过来要生气的时候，人已经走远了。

身后突然响起一阵爽朗的男人笑声，江美希吓了一跳，回头看，正是陆时禹。

“你什么时候站在那儿的？”

陆时禹说：“别担心，没多久，就刚刚他说你做贼心虚的时候吧。不过我挺好奇的，那孩子为什么说你做贼心虚，难道不是他单方面地勾引你吗？”

江美希说：“怎么你一把年纪了还不明白，好奇心有时候会害死人的。”

陆时禹说：“我知道，可我还是想好奇地问一句，江美希你到底在怕什么？”

江美希看着对面的陆时禹，沉默了片刻笑了笑说：“怕你输太惨。”

陆时禹闻言非但不生气，反而哈哈大笑起来："美希你没发现吗，你只有在没有把握的时候才喜欢放这种毫无意义的狠话。"

江美希离开的脚步微微迟疑，但她不打算再和陆时禹纠缠，快步朝电梯间走去。

上了车，她才注意到手上还拿着那个望远镜。

她想了想发了个信息给穆笛："你桌上那望远镜我拿走了。"

"啊，不行！"

"你用这东西干什么？"

"明天阿信的演唱会啊，就指着它了！"

"还有时间去看演唱会，看来你挺闲啊，我在想是不是要适当地给你加点工作量了。"

"小姨！总监大人！我可是你的亲外甥女啊！"

江美希想了想回复说："你很久没有送我礼物了，我正好快过生日了，就这个吧，不嫌弃。"

"你确定吗？还有大半年呢！哎，不对啊，你要这个来干什么？窥探什么人隐私吗？"

江美希收起手机，没再回复。

江美希在回去的路上吃了个便饭，又在小区门口的面包店买了第二天的早餐。路上没少耽误时间，可当她回到家时，发现对面楼上那扇窗竟然还是黑着的。

难道真被雨截住了？可是这雨也没那么大呀。

江美希把望远镜丢在桌上，脱掉衣服去卫生间洗了个澡，出来后又做了个面膜看了会儿电视。

终于在十点半的时候，对面的那扇窗子亮了起来。她连忙扯下面膜拿起望远镜。

视线中的男人还穿着白天在公司时的那套衣服，一边走来走去，一边解着衬衫上的纽扣。

江美希缓缓转动调焦旋钮，叶栩的脸渐渐清晰起来。

他走到窗前，将衬衫脱下随手丢在床上。天气也没之前那么热了，江美希想说这小狼崽子真的很喜欢暴露。

不过……与前一天晚上有所不同，在望远镜的帮助下，一切都看得更清晰了。流畅的肌肉线条，隐约可见的马甲线，还有奶油色的皮肤，她都看得清清楚楚。

在公司里，陆时禹的身材就很不错，据说是经常去健身房的缘故。去年春天去团建的时候，江美希也曾注意到，他的肌肉是练得不错。可是如今看来，这小狼崽子好像更胜一筹。

江美希正在心里默默对比，突然镜头前一暗，上演限制级画面时都不想着拉窗帘的某人竟然拉上了窗帘！

难道他看到她了？可是不应该啊，别说他不知道她具体住在哪一户，就说刚才，他可一眼都没往她这边看啊！

江美希不爽地放下望远镜，而就在这时，她放在桌子上的手机突然振了振。

她以为是项目上的同事有事找她，拿起手机一看，竟然是叶栩。

“我刚才约了个出租车明天送我去机场，要一起吗？”

林佳替他们订的是早班机，早上又不好打车，叶栩这一次倒是很周到，只不过，她今晚刚刚拒绝了对方的搭车请求，眼下这么痛快地说一起去好像有点没面子。

然而就在江美希想着如何勉为其难同意接受他好意的时候，叶栩又说：“哦，忘了，互相搭车好像超越了正常的上下级关系。算了，还是分头行动吧。”

什么？！逗她玩呢？

江美希怒了，立刻手忙脚乱地编辑起短信，她倒是要教教他，什么叫职场规矩！

然而短信刚编辑到一半，又被新进来的短信打断：“没看到吗？睡了？那晚安。”

她还一个字没说，怎么就晚安了？！

江美希憋着一口气，干脆直接拨了电话过去，可是有人比她动作更快，电话里只响起一个清冷的女声：“您拨打的电话已关机……”

一腔怒火无处发泄导致的后果就是，这天晚上江美希失眠了。

江美希几乎是睁着眼睛熬到天亮的。

雨还在下着，只不过比前天夜里小了点。

她用最快的速度洗漱穿衣，拎着小皮箱从家里出来时也就刚刚五点半。

天还没有彻底亮起来，小区的路上也有凹凸不平的地方，无论是对她的小皮箱还是高跟鞋，都不算友好。所以只是从楼门前到小区大门前这短短的一段路里，江美希就已经很狼狈了。

到了小区门口，她才发现自己竟然还期待着有什么奇迹出现——叶栩能在那儿等她，或者哪怕是偶遇也好。

然而并没有，他真的说到做到，小区大门前清净得连只鸟都没有。

后来江美希又打着伞拖着行李箱走了几十米，走到一个十字路口，这才打上了车。

不出意料，她是整个航班中最后一位登机的。

当她在最后一刻上了飞机，找到自己的座位时，叶栩正悠闲自在地翻着一份财经报纸。

见她赶来，他似有若无地笑了下："我以为我们要在南京会合了。"

江美希上下打量了他一眼，脸色红润，精神抖擞，一看就知道昨晚睡得不错，而且他一身西裤衬衫熨帖笔挺，连脚上的皮鞋都纤尘不染……简直和她的狼狈形成了鲜明的对比。

江美希没接他的话，当然也没给他什么好脸色，转过头去，开始在两边的行李架上找位置。

好不容易找到一个空位，但飞机上的行李架对她来说有点偏高。江美希往机舱前后各扫了一眼，两位漂亮的女空乘都在服务其他人。

她无奈，只好自己想办法。

她带的箱子不算沉，其实努力一下还是能放上去的，但她今天穿了身比较修身的连衣裙，裙子也不算长，所以高举双臂这个动作有点尴尬。

正犹豫的工夫，突然感到手上一轻，箱子被从她身后伸过来的一双手，轻轻巧巧地塞进了行李架上，整个过程不超过三秒钟。

江美希错愕了片刻，再一回头时，叶栩已经坐回了座位上。

“女士，飞机即将起飞，请您坐到自己的位置上。”

江美希悻悻地坐到叶栩旁边的空位上。

“昨晚没睡好吗？”叶栩问。

江美希一边低头系着安全带一边说：“恰恰相反，睡得特别好。”

叶栩了然点头：“那就是素颜的缘故。”

江美希不明所以地抬头看他：“什么意思？”

叶栩坦然地与她对视：“脸大了一圈。”

“喂！”

江美希这一嗓子立刻引来前前后后不少目光，她也意识到了自己的失态，深吸一口气压低声音说：“你是不是以为出了公司，我们就不是上下级了？但你别忘了，这还是工作时间。”

叶栩抬起手腕看了眼时间，似乎是不经意地说：“还差一个小时。”

向来无往不利的江美希突然发现，在面对眼前这小狼崽子的时候，她总是被动的、处于下风的、被气得半死的。

“好看吗？”叶栩收起报纸瞥一眼。

江美希从他脸上移开目光：“和素颜的我比起来，也就那么回事吧。”

叶栩笑了，难得笑得很纯粹，是那种既不带嘲讽也不带挖苦的笑。

江美希假装没看到，从包里拿出眼罩来，准备戴上，却听叶栩突然问：“望远镜好用吗？”

江美希手上动作一顿：“什么望远镜？”

叶栩无所谓地笑了笑：“睡前应该看些有助于睡眠的东西，不然的确很容易失眠。”

“不知道你在说什么。”江美希说完便戴上了眼罩结束了对话。

难道真的是因为睡前看了令人血脉偾张的画面，她才失眠的吗？可不管是什么原因，此时她太困太累了。很快，在一阵轻微的颠簸中，她的意识渐渐陷入混沌。

再一次醒来时，飞机已经落地。

江美希第一时间打开手机，进来的第一条短信来自一个陌生号码，内容竟然和他们要来调研的那家半导体公司有关。

“芯薪的水可深着呢，接他家的项目，小心上不了岸！”

江美希不由得怔了怔……这算什么？仇家报复、善意提醒，还是只是个无聊的恶作剧？

“举报短信？”声音来自一旁的叶栩。

她回过头没好气地看他一眼：“你眼神怎么那么好？”

“眼神一般，不过身高有优势。”

她没心情跟他斗嘴，心里还在琢磨着是谁会发这种短信给她，重要的是对方知道他们今天会来。

叶栩像是读懂了她的想法，说：“可能是某家竞争对手吧。”

“为什么这么说？”她随口问道。

叶栩替她分析：“这家公司能不能上市和我们关系并不大，我们只是拿钱办事而已，倒是券商那边承担的风险大一点。所以这人不可能是冲着我们来的，只能是不想让芯薪顺利上市。”

其实只要稍微细想一下，大家肯定都能想到这一点，但是这话出自一个刚到公司几天的小朋友，就让她有点意外了。

但她还是说：“任何事情都没那么绝对。”

此时他们已经走到出口，接机人群中写着“江女士”的大字招牌无比显眼。

举牌子的是一个个子不太高的年轻男人。对方显然也猜到他们可能就是要被接的人，于是疯狂朝他们俩晃了晃手里的牌子。

江美希和叶栩对视一眼，没再继续刚才的话题，朝那人走了过去。

对方叫李亮，是芯薪财务部的，这次是代替老板接待江美希他们。

路上和李亮聊起来才知道，芯薪的老板林涛此时正在外出差，并不在南京，这次配合他们做项目调查的公司领导是公司财务部总监王明。

江美希他们很快就见到了这位传说中的王总。王总身材不高、略胖，据说人还不到四十岁，但是头顶上的发量已经开始告急。

见到江美希和叶栩，他的态度不冷不热，例行公事一样带着他们参观了公司，然后接了个电话后就没再出现。

江美希从业多年，什么样的客户都见过，对这位王总这类的也不陌生。毕竟人家才是掏钱的甲方，不把他们放在眼里也可以理解。而且她也乐得如此，因为有时候客户太热情了反而会增加不少麻烦。

中午在芯薪的员工食堂吃了顿便饭后，下午他们就在公司临时腾出来的一间小办公室里开始翻看资料。

芯薪应该也做了一些准备，所以江美希他们的工作进展得还算顺利。她本来想着晚上加个班，明天就可以早一点赶回去给Linda复命了。可是晚饭前，她又接到了林总的电话。

江美希不是第一次和林总通电话，林总给她的感觉是个很热情豪爽的人。这次也是，听说江美希他们中午是在食堂吃的饭，晚上他说什么也要请他们吃饭。

江美希问："您不是在出差吗？"

林总哈哈一笑："咱们这事是大事，听说你们已经到了，我就马不停蹄地往回赶了。"

原来林总是特意提前一天赶回来的，这样一来江美希想拒绝都拒绝不了了。

晚上吃饭时，是李亮和王明陪着林总一起来的。与上午的不冷不热相比，王明的态度简直三百六十度大转弯，对江美希称赞不断，对叶栩也礼遇有加。

林总这人没什么架子，不只对江美希他们，对下属也很随和，所以饭局上的气氛还算融洽，也没出现江美希最害怕的劝酒环节。

后来饭吃到一半，林总突然接到一个电话，听内容应该是和家人的电话。众人都心照不宣地不再说话，给林总留出空间。王明更是离开了包间，临走前拍了拍李亮的肩膀。

李亮立刻起身跟了出去。

见那两人离开，江美希没太在意，可那两人刚一走，她身边的叶栩也站起身来。

他要是一走，这包间里可就剩下她和林总了，那多尴尬，所以她说什么也不能让叶栩离开。

她一把拉住他："干什么去？"

"上厕所。"

江美希压低声音问："不能等一会儿吗？"

叶栩不紧不慢地看她一眼："这种事都是急了才要解决一下，所以怎么等？"

那种只需上司一个眼神就什么都明白了的下级，怎么她江美希从来都遇不到！

她烦躁地挥了挥手："去吧去吧！"

叶栩离开没一会儿，林总终于结束了那通电话。

两人开始寻找话题，说着说着就又说到项目上的事来了。

江美希问林总："券商和律所那边谈好了吗？"

说到这个，林总皱眉："说来有点奇怪，之前几家券商都谈得不错，可都是最后临时变卦，所以券商这里还没最后敲定，律所倒是谈好了，不过也有点波折。"

这不合理啊，他们这些中介机构，说白了就是拿钱办事，只要费用谈妥，还有什么问题呢？江美希不由得又想到她下飞机时收到的那条短信。

她犹豫了一下，还是觉得有些事情应该早点沟通："冒昧地问一下，公司是不是得罪过什么人？"

林总也是聪明人，立刻领会到了江美希话中的意思。

他略微思索了一下说："在市场上难免会有一两家竞争对手，但做生意不就这样吗？”

确实如此，有市场的地方就有竞争，这的确没什么稀奇的。但江美希做过的项目不计其数，有一些上市公司年审时偶尔会收到这种举报信息，然而像这次这种IPO项目，还是第一次遇到这种事。

其实，江美希对发信息的人也不是全无头绪，她试着问：“我听说您自己出来创业时，好像和老东家华诚闹得挺不愉快的？”

提到这个，林总毫不掩饰地叹了口气：“这事说来话长啊。我和华诚老板是大学同学，上学时关系很不错，毕业后在各自单位又都干得不太顺利，就约好了一起出来创业。我俩虽然都是技术出身，但是他明显更擅长搞些人际关系的事情。所以我俩最初搭档也很合拍，我负责技术把关，他负责跑市场。

“后来华诚做大了，我还是把精力放在研发上，但他接触的人多了，想法就变了。我发现公司的发展已经偏离我们最初的想法，多次提意见他不听，后来也烦了。那之后我意识到公司渐渐架空了我，有些流程审批我都看不到，对公司经营情况也一无所知，于是一气之下离开了华诚，出来自己弄了现在的芯薪。可能是因为华诚对预研项目不够重视，都在吃老本，也可能是原来的研发团队觉得跟着我工作更舒服，他们就陆陆续续从公司辞职到了我这里。”

江美希听了也不由得感慨：“原来是这样。”

林总自嘲地笑了笑：“我知道外面传的和我说的并不一样。”

的确不一样。

外界传闻中林涛是个恃才傲物、性格孤僻的怪人，在公司里独断专行，与公司管理层频频发生冲突。最后为了避免这种情况出现，研发之外的有些事情就不再找他参与了。但他知道后一气之下离开公司，同时挖走了公司最核心的研发团队，也让公司陷入了绝境。

这种做法无疑是不道德的，而圈子就这么大，你传我，我传你，这导致芯薪在业界的口碑一直都不怎么样。所以，除非芯薪的产品有很大的价格优势，否则真的很难在这种情况下打开市场的大门。这也就是为什么芯薪设计的芯片虽然从指标到可靠性上都优于华诚的老款产品，但是华诚的市场占有率依然是芯薪的好几倍。

江美希不以为然："传闻这东西向来是半真半假。"

林涛无所谓地笑了笑："Maggie你是聪明人，对什么事情都会有自己的判断。但是我有时候会想，或许从我那老同学的角度看，那些传闻就是全部的真相。"

或许是因为专业的缘故，江美希对她不了解的事情向来都先抱着怀疑的态度，所以她从不会人云亦云。关于外界对林总的传闻，她听到时也就只是那么一听，并没有往心里去。

而这几天接触下来，她发现自己对林总的印象挺好的，此时听到他这么说，更加确定这次的匿名短信十有八九和华诚有关。而且芯薪和其他几家中介机构之所以谈得不顺利，她猜测可能也是因为他们收到了什么风声，尤其是券商一方，在项目中承担的风险更大，所以也更谨慎。

叶栩出了包间，并没有去卫生间，而是走到了没有禁烟标志的楼梯间里点了支烟。但为了避免遇到熟人，他没有停留在他们吃饭的那一层，而是又往楼上走了半层。

结果事实证明，他的顾虑不是全无道理。

一支烟刚抽到一半，他听到楼下楼梯间的门打开又合上，紧接着是王明的声音："我看老林就是太闲了，你说今天晚上这局有必要组吗？他一来，我也得跟着来。"

"公司上市是大事，说明林总重视这事。"

叶栩朝楼下望了一眼，见李亮在替王明点烟。

王明冷哼一声："他重视有什么用，也得对方重视，你看看派这么俩人来，能是重视的态度吗？"

李亮说："可我听说江姐是他们公司总监，仅次于合伙人的级别，我们公司这种项目如果不是林总的关系，可能都不一定请得动她。"

"什么总监？"王明用夹着烟的那只胖手点了点小李的脑门，"女人怎么在职场上生存这事你还看不懂吗？"

李亮嘿嘿笑着："也不一定吧，这行业本来就是女多男少，女人当领导也很正常，我听说他们的合伙人也有很多是女的。”

“你懂什么！”王明白了他一眼说，“这种外企可乱着呢，你也说了他们女多男少，那她出差怎么就带一男的？谁知道两人有没有一腿，我看……啊……”

王明话没说完，突然有什么东西从天而降，轻飘飘地正好落在他“指手画脚”的那只手上，而且还带着热度，烫得他一哆嗦。

他低头一看，竟然是支还没有掐灭的烟头，于是火气更大了，朝着楼上吼道：“哪个不长眼的孙子？”

叶栩双手插在裤子口袋里，缓缓走下楼梯：“不好意思，手滑。”

他虽然在道歉，但态度上没有一点歉意。

见他突然出现，李亮的脸立刻涨得通红，连忙站出来打圆场：“哥们儿，你别误会，我们没别的意思。”

“没事，可以理解。”叶栩直接打断他，“大家观念不同，想到的也自然不同。”

李亮松了口气。

王明冷哼一声，一副无所谓的样子。

叶栩走到王明面前，低头踩灭刚被自己丢下来的烟蒂，抬头朝他笑了笑说：“有句话不知道王总听没听过，心中有佛，所见万物皆是佛，心中是牛屎，所见皆化为牛屎。”

说着，叶栩上下扫了王明一眼继续说：“小时候我妈一直教我不要以貌取人，现在觉得这真是有点难度。”

王明反应了好一会儿才明白过来，叶栩这是拐着弯地骂他心思龌龊且相由心生。刚才他被烫了一下，本来就恼火，现在更是气得发抖，伸手指着叶栩破口大骂：“你这小子，是不是不想干了？！”

叶栩不屑地将他的手指拨开：“我是不想干了，可你说了算吗？”

王明最恨别人拿他和林总在公司的级别说事，此时还被一个外面来的小崽子戳中要害，顿时失去了理智，朝着叶栩挥起拳头。

可先不说他年纪大了，而且平时只懂吃喝玩乐不注重锻炼，是从这身量上的先天缺陷看，便知他绝对不是叶栩的对手。

果然那毫无杀伤力的拳头刚到叶栩面前就被叶栩轻轻巧巧治住。

叶栩手腕轻轻一转，像提着只笨鸡一样提着王明。

王明的胳膊被扭住，疼得嗷嗷直叫。奈何李亮那身材在叶栩面前也占不到什么便宜，只能替王明求饶。

正在这时，叶栩揣在裤子口袋里的手机振了振，他拿出来扫了一眼，是江美希问他怎么还不回去。

他这才松开手。

王明怒瞪着他，但明显气势大不如前。

叶栩笑着凑到王明耳边说："看见了吧？我这小子，偶尔也可以教你怎么做人！"

说完便转身走出了楼梯间。

叶栩回到包间没多久，王明和李亮也回来了。

江美希很快就注意到王明和李亮脸色都很难看。

她凑近叶栩压低声音问："你在外面遇到他们了？"

叶栩坦坦荡荡地回答说："是啊，怎么了？"

江美希见他这么大大方方地承认，略微放下心来，看来不是他在外面惹了对面两人，那看来只能是他们内部矛盾了。

她了然地笑笑，凑到叶栩跟前说："你真应该庆幸你进的是U记。"

见叶栩似乎不解，她接着说："文化包容啊，业务能力永远是排在第一位的，其他都是其次的。"

"所以呢？"

"所以你看芯薪，"江美希的目光飞快地扫了一眼王明和李亮那边，"来的时候两人还好好的，也不知道吃个饭的工夫，李亮做错了什么，还得被王总叫出去训话。你要是在这种企业里，早被开除八回了。"

"是吗？"叶栩勾起嘴角，"但我要感谢的好像不是U记的包容文化或者大度的老板吧？我这样的，应该好好感谢劳动法才对。"

江美希被噎了一下，悻悻坐直了身子。

本来以为这顿饭就要这么死气沉沉地结束了，没承想叶栩也不知道哪根神经错乱了，突然站起身来给林总敬酒，敬完林总开始敬王明，敬完王明还是敬王明。

起初王明还爱答不理，后来像跟什么赌气似的，只要叶栩敬他，他就喝。

敬到第五杯时，江美希有点坐不住了，在桌子底下疯狂去拉叶栩的袖子，叶栩好像没感觉一样，依旧坚持不懈地敬王明酒。

江美希不好意思地看了眼林总，林总倒是无所谓地笑笑：“我们王总可是公司里出了名的好酒量，这么多年来无论是同事还是客户，我还没见过能喝过他的，这位小兄弟很厉害啊！”

“哪里哪里，刚出校园还不懂事。”江美希一边讪讪笑着，一边又去拉叶栩。

这一次江美希没能精准地扯住叶栩的袖子，而是一不小心拉到了他放在桌子下面的手。

江美希连忙松开，但余光里感觉叶栩正看着她。

好歹叶栩是停下来了，但刚才林总那番话不知道刺激到了王明的哪根神经，叶栩不主动敬他了，他却反过来开始敬叶栩。

叶栩也没有推托，两人不知道拼了多少杯，眼见着事态越来越失控，江美希和李亮都想制止双方，但是谁也不听他们的。直到王明被喝趴下了，这一轮拼酒才终于结束。

然而，叶栩也比王明好不到哪儿去，几乎也醉得不省人事。

事后，林总坐公司的车离开，李亮负责送王明回去，江美希只好独自一人架着死猪一样的叶栩打车回酒店。

江美希架着叶栩，在路边打车。可能是因为太晚了，路过的空车特别少。

叶栩整个人的重量全部压在江美希的肩头，他的头靠在她的头上，微微泛涩的下巴或者温软濡湿的唇偶尔会轻轻擦过她的额角。

江美希却烦得不行。她从业多年，还从来没见过这么会给上司添麻烦的下属，如果杀人不犯法，她很想趁此夜黑风高的好机会将这家伙抛尸荒野。

等了二十分钟，终于打到了车。

司机师傅见他们当中有个醉汉，极不情愿，操着当地的口音骂骂咧咧地说什么怕吐脏了他的车。还是江美希好说歹说，同意加钱，那师傅才肯开车。

所幸吃饭的地方离他们住的酒店不远，不到一刻钟的工夫就到了。江美希对司机大哥千恩万谢一番，又拉起叶栩朝着酒店大堂走去。

短短几十米的距离，她走得很是艰辛，忍辱负重了一整天的双脚，此时在叶栩和高跟鞋的双重折磨下也开始反抗。

江美希每走一步都忍不住骂上几句。

“带你出差绝对是我最大的失误，正经事干得马马虎虎，添乱倒是有一套！”

“你说你拼酒拼赢了有什么意义吗？你还是小朋友，人家还是老总，幼稚！”

“哎，你别离我这么近，别以为你喝醉了，我就不能告你性骚扰！”

说话时他们好不容易进了酒店大堂，但因为时间太晚，前台只有一个小姑娘在值班，连个能搭把手的人都找不到。

江美希无奈，只能自己架着叶栩往电梯的方向走。好不容易两人挪到了电梯门前，但电梯一直停留在十层就是不下来。

江美希实在没有力气再架着叶栩绕到前台去找那小姑娘了解电梯的故障了。

所幸他们就住在二楼，旁边就是楼梯间，她权衡了一下，决定走楼梯。

她一边拖着叶栩爬楼梯，一般忍不住继续骂道：“我真不知道我是不是上辈子欠了你的，我发现你每次出现，我都没什么好事。以前我真的不迷信的，现在也开始相信有克星这回事了。”

艰难地挪了半层，胜利在望，可江美希的脚上已经传来那种尖锐的痛感。

她犹豫了一下，一边扶着叶栩，一边脱鞋。可脱到第二只时，突然失去了平衡，她本能地抓住旁边的扶手，但她身上的叶栩却在她撒手的一刹那倒了下去，并在她的注视下直接滚回了一楼。

一阵“乒乒乓乓”的声音过后，是叶栩的闷哼声，然后周遭陷入了死一般的安静。

江美希站在楼梯上，看着楼梯下面的叶栩，大气都不敢喘一下。

不会这样就挂了吧?

江美希回过神来飞快奔下楼去，检查叶栩的伤势，还好没有磕到头，只是手臂上有些轻微的磕伤。

江美希拍了拍他的脸，叫了他一声。

他迷迷糊糊地睁开眼，回应她：“江美希。”

江美希松了口气，重新架起他往楼上走。

短短二十个台阶，她觉得已经走了一个世纪。

好不容易到了房间，她气鼓鼓地把他扔在了床上。正想离开，突然又看到了他手臂上的伤，心里多少有点过意不去。

她从客房服务员那里要了点应急用的酒精棉，简单帮他处理了一下伤口，担心他明天发现，来问她是怎么回事，她犹豫了一下，决定给他换件长袖。

翻了下他带来的行李，还真有一件长袖T恤。

于是她又把叶栩拉了起来，非常粗鲁地扯下了他身上那件短袖T恤。

他结实的上半身立刻暴露在了她的面前。

这还是江美希第一次清醒地、近距离地面对赤裸的他。她犹豫了一下，还是伸手在他小腹上摸了一把，心里正感慨怎么会有人把肌肉练得这么硬，一抬头却对上了一双迷离的眼。

叶栩不知什么时候睁开了眼，正看着她，神色中有点蒙。

“那个……”

江美希看了下两人的情形，叶栩靠坐在床头，上身赤裸，她跨坐在他的腿上，手还停在他小腹上。

“江美希？”

“是我……那个……你听我解释！”

江美希正语无伦次，抬头一看，发现不知什么时候叶栩又闭上了眼睛，原来刚才他并没有真的醒来。

“这是喝了多少啊！”她不敢再磨蹭，麻利地替他套上那件长袖T恤，然后将他放倒在床上。

离开前，江美希又看了眼床上的男人。此时他正睡得很熟，脸上神色柔和，完全不见了白日里那种欠扁的神态。两簇睫毛长长的，像两只小扇子，衬托得他整个人像个安静漂亮的孩子。

脚上又传来那种尖锐的痛感。

“嘶……”江美希抬脚朝着叶栩的小腿上踹了一脚，“都怪你！明天再跟你算账！”

被“殴打”的人只轻轻皱了皱眉头，很快又沉沉地睡去。

江美希叹了口气，顺手扯过被子胡乱盖在他身上，这才离开。

第二天一早，江美希和叶栩在酒店的餐厅遇到。

精神不济的叶栩坐在江美希的对面问：“昨晚我怎么回来的？”

江美希低头吃饭：“李亮和我把你弄回来的。”

“哦，那我怎么换了件衣服？”

江美希扫了他一眼：“是吗？可能你昨晚吐了，李亮帮你换的吧。”

“可我换下的那件衣服上没发现吐过的痕迹。”叶栩看着江美希，“而且我身上的伤是怎么回事？”

“有吗？”江美希放下筷子起身，“对了，你要不要喝牛奶？我去拿两杯。”

江美希企图岔开话题，可等她再回到座位时，就听叶栩又说：“我怀疑有人趁我昨天喝醉殴打我，你确定是李亮送我回的房间？”

江美希端着牛奶的手不由得抖了抖，但她很快镇定下来：“不是李亮还能有谁？难道你还指望我把你送回房间吗？”

她指了指他面前的杯子：“牛奶你喝不喝？哦，对了，牛奶不解酒，酸奶怎么样？”

说着她又挥手叫来服务员点了杯酸奶。

很快酸奶送了上来，江美希推到叶栩面前，看也不看他："快喝吧，你也就是仗着自己年轻，不然昨天那种喝法，多喝两次能要人命！"

叶栩的目光在面前的牛奶和酸奶间徘徊了一下，然后落在了江美希的脸上："江美希，你什么时候这么好心了？还是你昨晚又对我做了什么？"

江美希担心的事情还是发生了，他终究怀疑到了她的头上，但她很快又反应过来，他们俩想的好像不是一回事。

她说："什么叫'又'对你做了什么？"

她故意没好气地把杯子重重地往桌上一放说："你还敢跟我提昨晚？你看看你昨晚的表现，那么灌王总酒，没大没小，没上没下！如果我是李亮，我也要揍你！"

叶栩的脸色不太好看："你说我没大没小，没上没下？"

"不是吗？你说喝个酒有什么好逞能的？我看你昨晚那顿饭肯定是得罪王总了，我们以后入驻公司免不了要和他们打交道，到时候人家不配合怎么办？你这不是在给我长脸，纯属在给我找麻烦！"

江美希气鼓鼓地训完话，抬头看向对面的男人，发现他正端着手臂看着她笑，只不过，是冷笑。

他说："江美希，你这人真是不知好歹。"

如果是往常，面对他这态度，江美希一定不遗余力怼回去。但是这一次，不知道是想到他身上的伤，还是在她的潜意识里他从来不是那种做事毫无道理的人……总之，她觉得自己没那么足的底气。

但是江美希的担忧不是全无道理，当他们吃过早饭赶到芯薪，打算把剩下的工作完成时，就发现今天财务部人员的配合度明显没有昨天高。要个财务报表，不是找不到就是去找了一直没回信。

这么低效的工作持续了一整个上午。

江美希看了眼时间，原本计划今晚离开南京的，现在看来机票要改签了。

她又看了一眼某位罪魁祸首，只后悔昨晚没有多踹他几脚。

叶栩瞥了她一眼，继续低头看报表："如果是想让我跟那家伙低头认错，那你还是打消这个念头吧。”

江美希怔了怔，旋即明白过来：“如果只是劝酒也说不上谁对谁错，说吧，你和王总之间到底怎么了？”

叶栩头也不抬：“这跟你没关系。”

“我们现在这样，你觉得还跟我没关系吗？而且这关系着我们日后的合作……”

叶栩没等她说完，倏地从椅子上站起来，然后往门外走去。

“你去哪儿？”

他双手插兜，头也不回：“卫生间。”

“哎，你最近有点频繁啊……”

叶栩终于停下脚步，回头看她：“这你也管？”

江美希被噎了一下，只好说：“我是担心你的身体。”

叶栩笑了：“那你可多虑了，我身体好不好没人比你更清楚了。”

江美希一开始没明白这话什么意思，后来等人走远了才反应过来，这是又被那家伙调戏了！

但她也没时间生气，权衡了一下，她决定去找王明聊聊。

江美希找到王明的办公室，门是虚掩着的，她刚要上前敲门，却听到里面有人交谈的声音。

她正犹豫着要不要过一会儿再来，就听到王明问：“跟那边交代好了吧？我倒要让他们看看这是谁的地盘！一个女人和一个毛头小子想跟我作对？门儿都没有！”

一个女人？一个毛头小子？怎么听都好像是在说她和叶栩。

“那个叶栩，我看就是个愣头青，我们当时也没说他什么，他就发那么大脾气！”说话的是李亮。

王明冷哼一声：“我们是没说他，但我们提到那个江美希了啊！所以我说什么来着，那俩人的关系肯定不一般！”

江美希没有再听下去。入行多年，她遭到的非议和不理解远比外人想象的要多。她甚至可以猜到，王明昨晚在背地里是怎么说她的。可是她没有想到叶栩会撞见，更没有想到，他会替她出头。

难怪他会说她不知好歹……想到这里，江美希对自己昨晚的施暴行为更加内疚了。

她转身往回走，回到办公室发现叶栩已经回来了。

“收拾一下。”她说。

叶栩意外：“干什么去？”

“回北京。”

“尽调报告不写了？”

“当然要写。”

江美希和叶栩收拾好东西来到林总办公室辞行。

林总以为两人这么快就完成了调查内容，甚至比预先说好的时间提前了半天，于是乐呵呵地说着感谢的话。

江美希脸上挂着很职业的笑容：“您不用客气，这是我们应该做的。另外关于尽调报告，我们会如实体现贵公司的财务状况。”

林总满意地点头：“辛苦你们。”

江美希继续微笑：“当然关于项目存在的风险，也会如实反馈给公司，至于我们双方最后能不能真正达成合作，还得看公司的意思。”

叶栩听到江美希的话不由得微微挑眉。

林总脸上的笑容也僵住了：“不是……这个项目不是之前说好的吗？”

江美希不解：“公司传达给我们的只是要我们来做详细的尽职调查。”

叶栩垂眸看着面前茶几上的茶杯，嘴角不易察觉地勾起了一个弧度。

林总显然没想到事情会是这样的结果，但好涵养让他迅速镇定下来：“那个……您刚才说的风险，具体是哪方面的风险？”

“财务那边没人跟您汇报吗？”江美希愣了愣，似乎是有点意外地问。

“可能还没有来得及汇报。”林总尴尬地笑笑。

江美希了然点头："是这样的，尽调报告中需要公司前三年的应收账款周转率、存货周转率、流动比率、速动比率、净资产收益率等这些财务指标，因为贵公司提供的报表文件中不包含以上这些内容，所以我们没办法评估公司的运营是否正常。"

这些都是很基础的财务数据，公司不可能没有相关报表。等江美希说完，林总直接拿起桌上的电话拨了个号码，然后语气不善地命令道："你过来一下。"

林总挂上电话后，办公室里出现了片刻的死静。片刻后就见王明出现在了办公室门口。

王明见到江美希他们，脸色立刻就不怎么好看了。

林总把江美希的话原封不动地转达给了王明，并问他："是这样吗？"

王明冷哼一声，没有直接回答林总的问话，而是看向江美希："有没有这些又有什么关系？我们请你们了啊！我们请你们来是干什么的，不就是帮我们解决问题的吗？你们现在这是什么意思？"

王明一上来就气势汹汹接连问了几个问题，江美希始终保持着笑容："王总，您可能对我们之间的合作有一些误解。从我们公司的角度看，我们是希望可以促成合作的。而这种关系下，我们的使命也的确是帮助贵公司解决一些财务方面的问题，但是这事是在控制我们自身风险的前提下来进行的。"

王明不屑："你们能有什么风险？拿钱办事而已！"

到这时候，林涛也算看明白了。江美希的话说得再明显不过——意思就是，他们是想合作的，但是前提是芯薪得让他们心里有数，而眼下他们突然闹这一出，一方面可能是公司确实有些他们判断不了的问题，另一方面……看看王明此时的态度就都明白了。

林涛立刻打断王明说："老王，先不说别的，刚才Maggie想要的那些报表文件，财务那边有现成的吗？"

王明爱答不理地应了声："应该有吧。"

林总转过头对江美希和叶栩抱歉地笑了笑："既然我们的目标是一致的，大家都希望达成合作，要不Maggie你们一会儿再看看那些文件，之前八成是有些误会，我们财务部有些工作人员也是刚到公司不久，非常没有经验。”

林总这话说得很是周到，既顾全了江美希的面子，也顾全了王明的面子。

就连叶栩都以为江美希会借坡下驴，点头同意，可她只是皱着眉头看了眼时间：“不好意思啊，林总，我们买了下午三点回北京的航班，真的没时间了。主要是我们后面的行程已经安排好了，不好再改了。”

此时，林总的脸色也不太好看：“那要不我和Linda再沟通一下？”

林总这时候搬出Linda，早在江美希预料之内，她笑着说：“那真是求之不得了，正好我也左右为难，毕竟后面的项目是她老人家安排好的，说是非常重要的客户。”

“那好吧。”话虽这么说，但林总拿起电话却又犹豫了。

江美希早料到他不会当着她的面打这个电话，谁不知道U记的人费用贵？江美希工作一小时，收费在4800元到5200元之间，而芯薪白白耽误了她一上午的时间。如果以后真的达成合作，对方又一直是这个态度，可想而知，这个项目的成本会大幅度提高。而这个成本考核直接关乎Linda的年终考核。

所以江美希断定，如果林总对他们稍微多些了解，就不会打这个电话。

林总放下电话略一沉吟，然后说：“老王你先出去一下。”

“林总！”王明似乎也意识到了什么，不甘心地叫了林总一声。

林总看也没看他，只是无奈地朝他挥了挥手。

王明离开后，林总提议：“老王年纪大了，眼界有时候实在让人着急，你们不要介意。我们财务部的副总肖伟年纪虽然不大，但是应该能和你们谈得来，对了，好像还是小叶的师兄。所以，Maggie，你看你们能不能把机票改签，再给我们半天时间？”

江美希佯装着思考了一下，最后勉为其难地同意了林总的提议。

从林总办公室里出来，江美希目不斜视地走在叶栩前面：“你不用谢我，我这么做不是为了你。虽然我不想承认，但毕竟你也代表着公司，他们怠慢你就是没把U记放在眼里。合作是需要在合作双方互相尊重、彼此友好的前提下进行的，如果不及早扭转局面，我们日后入驻公司后也会非常被动。”

叶栩笑：“谁说我要谢你？不过，我们扯平了。”

江美希本来也没指着这小狼崽子向她道谢，但她好歹替他摆平了王明，他就算不当面感激，心里也该记着点她的好吧，谁知道等来的却是这么一句。

“你什么意思？”江美希问。

叶栩撸起袖子把结实有力的手臂伸到她面前，她看到那上面从手肘到肩膀处有好大一片瘀青。这是昨晚她替他换衣服时还没有出现的，看来是今早刚散出来的。

叶栩重新把两边的衬衫袖管都挽到手肘处，然后看了江美希一眼说：“昨晚你趁我喝醉殴打我的事，一笔勾销了。”

江美希回过神来，有点没底气地问：“你哪只眼睛看到我殴打你了？”

叶栩指了指自己的眼睛：“两只眼睛都看到了。”

江美希突然想起昨晚给他脱衣服时，他有片刻是醒着的，那时候她以为他还醉着，还趁机摸了他一把，难道他记得？

叶栩看着她笑：“想起来了？”

江美希飞快错开视线，朝着临时办公室的方向走去：“你如果真看到我了，那只能说明你还挺惦记我的，做个梦都能梦到我。”

走出十几米，还没听到身后人跟上来的脚步声，江美希停下来回头看，叶栩依旧站在原地，双手插在裤子口袋里，神色不明地看着她。

窗外不知何时下起了雨，雨淅淅沥沥，显得周遭异常安静。

江美希抬手看了眼手表：“还磨蹭什么？再不抓紧时间，改签后的航班也赶不上了。”

尽调报告是来不及完善了，查完最后一部分资料，江美希和叶栩匆匆赶往机场。

雨势渐大，路上堵得水泄不通，好在出租车司机经验丰富，带着他们走街串巷。

又是一路兵荒马乱，和江美希来时的情形差不多，可当他们好不容易掐着时间赶到机场，才被告知飞机因天气缘故暂时无法起飞，且起飞时间未定。

这个季节出来，怕的就是飞机延误。但经常出差的人对这一切都有一定的心理准备。

她找了个位置坐下，从皮箱里翻出笔记本，开始查阅其他项目负责人发来的项目底稿。

叶栩没有陪着她，在她开始工作没多久，他就起身离开，不知道去哪儿了，她也没在意。

不知过了多久，身边的人来来去去，吵吵闹闹，而她的笔记本的电量也开始报警。她疲惫地闭了下眼，再睁眼时面前多了一瓶矿泉水。

“你今天已经工作十四个小时了。”叶栩说。

也不知道他是什么时候回来的。

江美希扫了他一眼，接过矿泉水，用力拧了几下没拧开，手心被蹭得通红。她在衣服上稍稍擦了擦，打算再试一次的时候，手里突然一空——叶栩拿过水瓶，轻巧拧开，重新递给她。

“没人告诉过你吗？”叶栩说，“女人有的时候要适当地示弱才可爱。”

江美希已经渐渐适应了叶栩这没大没小的态度，或许因为两人最初的那场乌龙，在她心里，也没有只把他当成一个和穆笛同龄的小朋友。

江美希仰头喝了口水，然后慢条斯理地说：“在U记，没有性别这种东西。”

“可现在不是在公司，只有你和我。”

夜越来越深，疲惫让人紧绷一整天的神经不由得放松下来，让江美希险些忘了，眼前的人是她要一边拉拢一边又要划清界限的人。

但是在划清界限前，有个问题她一直很想问：“你为什么对那个王总意见那么大？”

叶栩似乎想了一下才明白她指的“王总”是哪一位，顿时就没什么好脸色。

他明显不愿意说，可江美希既不着急也不生气，因为她早就知道了答案。

她低头打开箱子，把没电的笔记本塞进去。

正在这时，不远处突然传来乱糟糟的吵闹声。江美希抬眼望过去，有七八个旅客在围着一个工作人员讨说法。

她说：“我去看一下。”

可她刚要起身，就被一只修长有力的大手按着肩膀按回了椅子上：“你在这儿等着，我去。”

她犹豫的空当，人高腿长的叶栩已经走向那群人，没一会儿，仗着身高优势轻松地挤进人群。

江美希看着他不疾不徐地和工作人员交涉了几句又折了回来。

他走到江美希面前，弯腰拎起她脚边的行李箱：“今晚走不了了，找地方住吧。”

他站在她面前，因为个子足够高，正好挡住了她头顶上的光。两人离得近，她坐他站，她一抬头，映入眼帘的是他棱角分明的下颚弧度。

饶是朝夕相处了这么久，江美希的心里也不由得感慨，这小狼崽子究竟是吃什么长大的，怎么长得这么好?

叶栩看了眼时间：“动作快点，或许附近的酒店还有空房间，再晚点，我们估计就只能在这儿凑合一宿了。当然，你又有一整晚的时间可以工作了。”

江美希站起身来朝着候机大厅外走，边走边说：“是啊，这年头谁还睡觉啊，丢人！”

结果真被叶栩说中了，因为大批被滞留的旅客，附近像点样子的酒店早就人满为患，就连个别小宾馆都没有客房了。

江美希他们不知道走到了第几家，依旧没房。宾馆前厅里此时也是乱糟糟的，江美希望着夜色中的马路对面，那边还有几家小宾馆的霓虹招牌在雨夜中飘飘摇摇。

她回头对叶栩说："我们去对面看看吧。"

叶栩一把拉住她："你在这儿等我，我过去看看，有房间再过来接你。"

江美希也确实累了，就没拒绝："不用来接我，打个电话告诉我就行。"

叶栩扫了一眼她脚边的行李箱，坚持说："你等我回来吧。"

说完才松开握着她手腕的那只手，推开门冲入了雨夜中。

江美希双眼望着夜色中的某一个点，注意力却都集中在刚才被他握过的地方。

原本他们早就有过更亲密更让人脸红心跳的接触，可是今天晚上不知道是怎么了，江美希觉得自己的心里和外面的天气一样，乱糟糟的。

没一会儿，叶栩回来了，手上还多了一把黑色长柄雨伞。他的头发湿漉漉的，发丝黑黑亮亮，更衬得皮肤有点不健康的白。

他这次出门没带行李箱，那只超大号的黑色双肩挎包，此时就显得便利很多。

"走吧。"他拎起江美希的行李箱推开门，撑起手中的雨伞，回头招呼江美希，"不过伞只有一把。"

江美希看了他一眼，二话不说走到了伞下。

伞是不小，但还是不足以为两个人遮风挡雨。在过马路时，江美希一侧头，就看到叶栩几乎半个肩膀都暴露在雨中。

她知道他从来不屑于讨好她，对她这个上司更没什么敬畏感。那他今晚对她的照顾，大概是出于他本身的涵养吧。

不知道为什么，想到这里，江美希的心里竟然有隐隐的失落感。

不经意间，她的目光扫到了他握着伞的手臂上，那上面倒是没有淤青，却有一片擦伤，此时成片的针孔般的伤口已经结痂，看着让人很不舒服。

江美希朝他那边靠了靠，同时推了一下他握着伞的那只手，让伞面朝他那边挪了挪。

她没有抬头看，但她还是感觉到了他低头注视着她的目光。

绿灯亮起，行人通行。他突然抬起手肘，将她那只还没来得及放下的手夹在了他的腋下，强行让她做出挽他手臂的动作。

江美希还没来得及说话，就听叶栩说："离得近点，咱俩都不用淋雨了。"

他身上温热的男性气息立刻笼罩着她，驱走她周身的湿寒。有那么一刻，江美希觉得这个雨夜好像也没那么糟糕了。

她偷偷偏头扫他一眼，他依旧目不斜视看着前方，脸上的表情和平日里没什么两样，是寡淡疏离的。

过了马路，小宾馆就在前面。要上两级台阶，江美希一不留神，脚下一滑，眼见着整个人要摔倒，好在身边的男人眼疾手快，在她摔倒前，飞快抓住她两侧的肩膀，向上一提，将马上就要坐在地上的她又提离了地面。

江美希回过神来时，她已经在他怀里了。

叶栩低头看她："脚没事吧？"

江美希站直身子动了动脚腕，还好没伤到。

"没事。"她说。

"那走吧。"

叶栩在回去接她前已经提前交了房费，江美希到了宾馆只出示了一下身份证就入住了。

两人穿过窄小昏暗的走廊，一直走到无路可走。

房间是挨着的，叶栩将手上的箱子递给江美希，垂眸看她一眼，似乎欲言又止。

江美希也觉得此刻该说点什么，但又不知道从何说起，毕竟说谢谢不是她的风格。

两人就这样僵持了片刻，还是叶栩先打破了沉默："进去吧，六个小时后，我们在大堂见。"

江美希这才意识到，距离天亮，已经不足六小时了。

她点了点头，刷卡走进旁边的房间。

房间和她想象中的差不多，阴暗潮湿，但是在这种乱糟糟的雨夜里，能有一处栖身之所，还能洗上一个热水澡，已经要比候机大厅里那些人幸福太多了。

而这一切，多亏了隔壁那个男人。

意识到这一点时，江美希有点意外。因为自从工作以后，她就很少受人照拂。当小朋友时，她自然是跑腿的那个，准备文件、订机票酒店，鞍前马后地安排着团队的一切。近两年级别虽然高了，但她发现只要有她在场的时候，团队的事情，事无巨细，她依旧是最爱操心的那个人。

老江女士曾经点评说，她就是太强势，太喜欢控场。穆笛却说，这只是因为她潜意识里没有可以信任的人，对周遭的同事下属都不放心。

当时她不以为然，可是今晚，她发现有叶栩在，她可以什么都不去想，任由他安排。这种感觉竟然也不错。

江美希脱掉衣服走进浴室的时候恰好听到隔壁也传来哗啦啦的水声。小宾馆隔音不好，过了一会儿，水声停了，她甚至可以听到他打开浴液瓶盖的声音。

片刻后，她打开水龙头，温热的水从花洒中喷洒出来，让她清醒不少。

当初想着既要防着他又要拉拢他，所以才想到把他放在身边做项目，但是今晚的事，让她突然就改变了主意——一起出差，朝夕相处，他们俩，不行。

第二天一早，空气里依旧有湿漉漉的味道，但天终于放晴，昨晚被困在机场的旅客今天陆陆续续离开了南京。

Linda听闻江美希昨晚的经历，让她先在家里休整一天，但江美希只回家洗了个澡换了套衣服就又赶回了公司。

她以为自己动作够快了，但有人比她还快。

当她打开电脑的时候，最新进来的一封邮件竟然来自叶栩，那是关于芯薪的尽调报告。

江美希打开扫了一遍，条理很清晰，内容也够完整，语法措辞什么的更是无可挑剔。

这是叶栩入职以来，她第一次觉得当初留下他，也不全是坏事。

报告没什么需要修改的，江美希直接发给Linda，同时抄送了叶栩。

叶栩打开邮箱，正看到江美希发来的邮件。

有个男同事从他身边经过，看到那份报告不禁“哇哦”一声：“你小子不错啊！”

叶栩不明所以。那同事解释道：“一般人交上去的底稿或者报告，发回来时几乎都面目全非、满篇飘红啊！你是不知道那位有多么变态的改稿欲，从语法单词到标点符号，甚至行间距、页边距……她要求高着呢！但你看你这篇，通篇只有一处，这还不是不错吗？”

叶栩笑了笑没说话。

那位男同事见周围没什么人，突然又压低声音很八卦地问：“这趟出差还顺利吧？”

“你指哪方面？”叶栩一本正经地问。

那人朝他挤眉弄眼：“你不是那位的眼中钉吗？可别怪兄弟没提醒你啊，这项目她特意带上你，我们都猜其实是想趁机搞你！”

看着那人一副同仇敌忾的样子，叶栩却笑得意兴阑珊。他懒洋洋地站起身来，拍了拍那人肩膀：“有空多学学英语，下次底稿返回来就没那么难看了。”

说完便摸起桌上的烟盒，朝着办公室外走去。

U记的写字楼里大部分区域都是禁烟的，只有楼梯间的每个半层处，有一个小阳台，阳台的玻璃门上贴着“吸烟处”三个字。

叶栩喜欢朝楼上走半层。因为再上半层就是合伙人办公的楼层，这里人少。

他推门走进小阳台，刚点了支烟，就听到身后楼梯间里有开门关门的声音，紧接着，是上楼的脚步声和女人不耐烦的说话声。

江美希的态度不算好：“我说妈，您能不能转移一下注意力，干点别的，别成天盯着我这点事行不行？”

叶栩靠在身后的墙壁上，旁边是那扇玻璃门，垂在身侧的手指间是刚刚燃起的烟。

江美希的声音越来越近。

不知道对方说了什么，她的情绪更暴躁了：“您还好意思跟我提上次！上次都是您非得让我见那什么小张，还说如果我不同意就让他到家里等我，害得我……唉，算了，您就省省吧，我真没时间！”

叶栩嘴角寡淡的笑意不见了，垂在身侧的手也不由自主地抖了下……所以那天她是把他当相亲对象了，还是第一次见面的相亲对象？

也不知道是最近疏于锻炼，还是情绪太激动，爬了半层楼，江美希就爬不动了，干脆靠在旁边小阳台的玻璃门上歇脚。

神经刚刚放松一点，又听老江女士在那头寻死觅活老一套。江美希只觉得脑仁生疼，她揉着太阳穴，实在听不下去了，只好又像过去的无数次一样，妥协了：“行行行，我见还不行吗？工作日我可没时间！最好是周六晚上，我加完班直接过去！”

似乎是她这样的妥协终于让电话对面的人满意了，两人说好，江美希终于挂上了电话。

可她没有立刻离开，静静地靠在玻璃门上好一会儿，不知道在想什么。直到她的电话铃声再度响起，她说了声“马上就到”又往楼上走去。

听到脚步声重新响起，叶栩才朝斜后方望了一眼，江美希一手扶着栏杆扶手，一手拄着额头，像是很疲惫的样子。但也只有那么短暂的一小会儿，她就重新调整好了状态，朝楼上走去。

刚挂断和老江女士的电话，Linda的电话就打了过来，让江美希去办公室找她。

江美希大概能猜到Linda找她什么事，她听说，就在前两天，老板们紧急召开了一个会，讨论后续重点考察的新晋合伙人人选。

江美希进门时，Linda正在打电话。见到她，Linda笑着朝角落的沙发扬了扬下巴。

她会意地点点头，坐到沙发上等着她把电话打完。

一开始，Linda电话里讲了什么江美希也没太在意，听着像是什么项目的事情，可说完项目，两人又简单聊了几句。Linda难得地收起了那副精明干练的女强人盔甲，言语神态中竟带着罕见的小女儿娇态。

可能是碍于江美希在场，Linda只含含糊糊地说了两句就匆匆挂断了电话。

江美希挑眉看她：“有情况啊。”

Linda笑了笑：“还没谱的事。”

“是客户吗？”江美希难得地八卦一下。

Linda却笑着不答：“别说我了，芯薪的报告我看到了，看来你这次出差收获挺多啊。”

“能有什么特别的收获？”江美希知道Linda可能要说什么，回得有点心不在焉。

果然，Linda指了指她的电脑屏幕：“这报告不像你写的，但写得还不错，你给我发邮件时还特意抄送了他，可见你挺满意的。你多挑剔我可领教过，跟着你干三五年以上的也没见你这样过，何况对方是刚入职一周的小朋友。”

江美希中肯地评价：“看得出他确实做过不少功课，学习能力也不错。”

Linda笑：“其他能力呢？”

江美希先是一愣，待看清Linda脸上促狭的表情时，才明白过来她指的是哪方面的能力，瞬间觉得浑身血液倒流，不用照镜子也知道此时她的脸肯定是红了。

她掩饰性地佯装着生气：“你要说这个，我就回去了。”

Linda笑得上气不接下气，朝她招手：“别走别走啊，正事还没说。”

江美希走到门前停住脚步，却听Linda又说：“你也不能怪我想歪，毕竟你俩的传闻早被公司里那些人传出十八个版本了。”

江美希无语，Linda笑着朝她走来，拉着她坐回沙发上。

“咱说正事。前两天你出差的时候，我们开了个会，预计公司明年在中国区要晋升约二十名合伙人。各地的审计部肯定还是大头，我们组这两年的势头不错，至少是要有一个的。你的情况，我和老板们也聊过了，大家对你的能力和付出都有目共睹，但是Kevin也不差，有些老板对他的印象也很好。所以我想提前跟你打个预防针，在明年下半年名单正式确定之前，你的业绩一定要更漂亮，这样我说话也更有底气。”

江美希听完安静地点点头：“我明白。”

公司里大部分的合伙人都是空降来的香港人，像Linda这种靠自己一步步爬上去的，显然要比其他人付出更多。而江美希自从入职以来，几乎每个项目都是跟着Linda做，从当时的一个senior（高级顾问）到现在的合伙人，江美希几乎见证了她整个的晋升过程。

U记就像是一辆停靠站点非常多的列车，中途大量的旅客上车，下一站又有很多人下车。大家看似是朝着一个方向去的，但是能从始至终都在车上的人寥寥无几。Linda是其中一个，江美希可能是另一个。

这八年来，Linda从她单纯的上级变成亦师亦友，如今她更觉得她是自己未来的模样，仿佛按照这个轨迹走才是唯一正确的路线。

两人聊了一会儿公司内部形势，Linda又问：“对了，和芯薪的项目基本上已经确定了，等那边定下券商后，我们就要着手入驻公司了。这种项目少说也得两个月，其他公司的预审马上也要开始了，你把握好自己的时间。”

提到这个，江美希犹豫了一下，还是把自己最新的安排告诉了她：“我考虑了一下，这个项目我想安排其他人带队。”

Linda有点意外：“不是说好你亲自去的吗？”

江美希解释说：“一方面是年底的项目确实太多，我怕无暇分身，在外面待着多少有点不方便，照顾不到别的项目；另外就是通过这次尽调我发现，芯薪虽然财务基础稍微薄弱了一点，但是从经营的情况看，是个资质还不错的公司，找个有经验的审计师带队应该没什么问题。”

Linda皱起眉头：“你心中的人选是谁？”

江美希已经感觉出她的不快，不过也理解，毕竟是朋友的公司，万一最后没能顺利上市，虽然谁也不会说是审计这方的责任，但她面子上也不好看。

“Amy。”她说。

Linda眉头皱得更紧了：“没别的人选了？”

论能力，公司里当然还有其他的senior能胜任这个项目。但是她选择Amy是因为，她认为芯薪的项目或许是个立功的好机会，能让Amy在Linda那儿的印象有所改变。

Linda对Amy的印象不好，主要是因为Amy这人在处理私人感情和工作的关系方面能力欠缺一些。她曾经甚至因为失恋，直接从用户公司所在的外省城市跑回了北京，身为现场负责人却把项目组其他人都丢在外面不管了。后来还是江美希去救场，让项目顺利推进。

这事后来被Linda知道后，她大发雷霆，年终总结会上就直言不讳说不能留下这么没有敬业精神的人。但作为Amy对接人的江美希，却编了个谎话，自己把责任扛了下来。

Linda为此失望了很久，江美希却佯装不知。她身为Amy的上级，从Amy入职以来一直带着她做项目，工作中更是看得出Amy非常依赖她。有时候她会想，或许她和Amy的关系，与Linda和她的关系没什么不同吧。

想到这里，江美希说：“以她的业务能力，绝对能够胜任。”

Linda冷笑：“我只能祈祷她这段时间感情顺利。”

江美希说：“放心，处理好其他项目的事情，我也会去现场帮忙。”

Linda叹了口气：“你决定吧，但是我劝你还是得想着给自己减减负，职场又不是中学学校，还搞什么好学生和差学生的一帮一吗？”

江美希笑：“那我怎么着也是半个老师了，老师帮助学生应该的。”

Linda无奈：“也得人家领你的情！”

怎么会不领情呢？江美希心里想着，但嘴上没再反驳。

第三章 孤独患者

U记还没迎来真正意义上的忙季，所以周末加班的人不算多。

江美希改完一轮项目底稿时桌上的手机响了，是她早上设的闹钟，约会提醒。

虽然极度不情愿，但老江女士的咆哮声犹在耳畔。

江美希站起身来走到窗前，活动着麻木的四肢。

此时暮色降临，月光浅浅，窗外一片车水马龙，而玻璃窗上的女人，形象实在有点狼狈。

对着电脑一整天，她双眼浮肿，头发凌乱，脸色惨白，一脸疲惫。所幸知道今天要去相亲，早上出门前她穿了一身较为鲜亮的衣服，还有挽救的机会。

本着对相亲对象的尊重，她重新梳理了一下头发，又从包里翻出一管口红，对着光可鉴人的玻璃窗给自己涂了个烈焰红唇。

这么一看，整个人的气色就好多了。

江美希走到电梯间时，电梯正好停靠这一层，一个高高瘦瘦的男人先她一步走进电梯。

她快走几步，说了声“稍等”，上了电梯一看，竟然是叶栩。

她有点意外：“你也加班？”

电梯门缓缓合上，叶栩没有回答她，而是上下扫了她一眼，眉头皱了起来。

她不明所以，低头看了自己一眼，没什么问题啊，再一抬头，发现他的目光正停留在她的嘴唇上。

电梯内逼仄的空间和不太流淌的空气让江美希顿时有点不自在。

叶栩指了指他自己的下巴。

江美希这才意识到脸上可能沾了什么东西，连忙去摸，结果什么都没摸到。

他又指了指，她又去摸，依旧一无所获。

她正要从包里翻找小镜子，就听头顶传来一声似有若无的叹息，在她再度抬头时，一只干燥微热的大手兀地捧住了她的脸颊，带着薄茧、略微粗糙的拇指飞快地在她的嘴角下方抹了一下。

她整个人因为没有防备，像过电一般微微颤抖了一下。而就在她发呆的时候，叶栩抬起右手拇指看了一眼，她顺着那目光看到，上面有一抹轻浅的殷红，和她的唇膏颜色一样。

"涂抹到外面了。"说完他又双手插进了裤子口袋中，好像刚才那么暧昧的举动仅仅只是举手之劳帮个小忙而已。

她面无表情地站直了身子，缓缓回头看了眼角落里的监控，只能祈祷刚才那一幕没有被人看到。

他去一楼，她去地库，两人就此分道扬镳。

江美希刚上车，就接到老江女士的电话。老江女士不放心，再三嘱咐她一些相亲注意事项。母女俩聊了差不多五分钟才挂断电话。

发动了车子，她鬼使神差地又想到刚才在电梯里的情形，想着他这回应该已经走远了吧。可当她开着车从公司出来时，看到叶栩竟然还在路边等车。

江美希有点疑惑，这个时候这里并不难打车啊。

车子经过叶栩时，她装出一副认真看路况的样子，虽然知道他不一定能认出她的车，但还是尽量避免不必要的目光相触。所幸叶栩一直低着头看手机，好像并没有注意到她。

但车子开过去后，她又忍不住看后视镜中那抹修长的身影。他终于收起手机，朝后面的一辆空车招了招手。

路况比刚才好了一些，她收回视线，缓缓提速。

一路畅通，江美希比约定的时间提前五分钟到了约定的地方。

这是一家西餐厅，环境幽静，而且桌与桌之间还有高大宽厚的椅背隔着，能为客人隔出比较私密的用餐空间，很适合相亲。

老江女士挂在嘴边的那位小张已经到了，可能是看过了江美希的照片，她一进门，他就热情地迎了过来。

江美希脸上挂着招牌的江氏笑容，迅速打量了一眼眼前的男人，五官周正，样貌中等，身材中等，一身衬衫西裤倒是笔挺。看得出，他挺把这次的约会当回事的。

点好了菜，小张开始介绍他自己，从他的工作到他的住房情况，再到他家里人的情况，事无巨细一一向江美希介绍着。

尤其是说起他的工作如何稳定，单位福利如何好时，他简直口若悬河，滔滔不绝。

江美希有一搭没一搭地听着，这套说辞她从老江女士那里不知听过多少遍了。

正在这时，窗外突然有个熟悉的人影闪过，从衣服款式到身形，都很像她刚刚见过的那个人。她浑身上下的神经瞬间绷了起来——他怎么也来这里了？

可当她想再确认一下时，窗外又什么都没有了，难道是她眼花了？

小张似乎也意识到了什么，顺着她的目光看向窗外："遇到熟人了？"

江美希回过神来抱歉地笑了笑："不好意思，看错了。"

身后有风铃响动的声音，年轻的女店员说着"欢迎光临"。

江美希没注意，示意小张："你继续。"

小张笑了笑："别光说我啊，说说你。"

"我？"江美希已经很多年不需要在一个陌生人面前推销自己了，上一次这么干的时候还是八年前她应聘U记那次。

她说："我的情况我妈应该没少说吧。"

小张点头："对啊，基本的我也都了解了，咱们聊聊别的，比如你对婚姻中男女的角色分配怎么理解的？"

这话把江美希问住了，她愣了愣说："就是……丈夫和妻子啊……"

小张笑，客气地提出自己的观点："我认为丈夫肯定是要担负起养家的责任嘛，哦，当然，现在时代不同了，女性也要有一份自己的工作，不然家庭的经济压力太大了。"

江美希点头，她完全认可。

小张见状像是得到了鼓励，接着说："虽然如此，但男女还是不同，女性的精力肯定是要向家庭倾斜更多，照顾好老公、教育好小孩也很重要。"

"你的意思是，女性成家后，既要赚钱养家也要照顾老公小孩？"

"我说的是倾斜，也就是说工作上肯定就要少投入一些了。像我们单位那些女同事，生了孩子后基本上就是在混日子了，所以，你也可以这样啊。"

江美希怔住了，一时不知道该怎么回应他。

身后传来一声不大不小的哼笑，让江美希瞬间又精神了。

这声音怎么这么耳熟？她连忙四下看了看，这家餐厅地方不大，她能看到的地方并没有什么熟人。难道她不仅眼花，还幻听了？

"怎么了？"小张关切地问，"你要是不认同我的观点，我们可以讨论一下。"

江美希收回心神，笑了笑："不是……我妈没跟你说过我的工作吗？"

小张腼腆地笑了笑："说过。"

"怎么说的？"

"说你们收入挺高的。"

江美希笑："所以啊，我们工作也很忙。现在是9月吧，从下个月开始，到明年的4月，我可能一天假期都没有，每天的工作时间是早上九点到晚上的十一点甚至更晚。如果遇到棘手的项目，还会连续熬到后半夜甚至通宵，而且我的工作地点也不固定在北京，‘忙得落不了地’这种说法一点也不夸张。哦，对了，忘了告诉你，我和我妈家相距十二公里，但是我已经三个月没有见过她了。”

她说完，看着对面瞠目结舌的小张，很是满意。

“可是，听说你已经做到总监的位置，很快就能当上合伙人了，也这么忙吗？”

“可能更忙。”

小张沉默了。

江美希说：“所以，我跟你预想中的妻子角色好像差距挺大的。”

“不不不，谁还不是第一次结婚，都没有经验，这个我们以后可以商量。”小张连忙说起解决方案来，到最后甚至说可以帮江美希再换个稳定清闲方便带孩子的工作。

江美希无奈地笑着，低头看手腕上的时间，无比后悔自己向老江女士妥协，毕竟这两个小时的时间她可以去做个SPA或者回家看个电影，哪怕多睡两个小时也好。

小张丝毫没有觉悟，依旧滔滔不绝，还约江美希下周一起看电影。

“你不是10月开始忙吗？我们趁着这个月多多见面，增进了解也好啊。不过现在网络这么发达，你出差的时候还可以上网聊天。”

到了这一刻，江美希已经彻底失去了耐心，她笑了笑说：“其实你也知道，我是被我妈逼着来相亲的。”

小张表示理解：“大家都这样，不过到了这个年纪这也很正常，不用不好意思。”

江美希摇头：“你没明白我的意思。我不是不好意思，而是不想来相亲。”

“为什么？就因为工作忙？”

江美希想了一下，如果她说是工作忙，他肯定还会不遗余力地约她见面，于是她索性说：“我有喜欢的人了。”

小张愣住了：“那你还来相亲？”

江美希有点抱歉：“我已经和我妈说过了，但我们还没在一起，她也没见到这个人，所以不相信，以为我在骗她。”

小张低头喝水：“那你们怎么还没在一起？”

这个问题江美希没考虑过，于是随口胡诌道：“因为工作方面的原因。”

小张报复性地笑笑：“他也不能接受你的工作吧？”

江美希连忙否认：“那不会，我们是同事。”

一顿饭吃得不欢而散，但江美希也顾忌不了太多，她能做的就是临走前把单买了。

开车出来时，有点堵车，她正跟着车流缓缓前行，无意间扫了眼路边，又是他！

她差点就要以为自己是中了他的毒了，怎么总是看到或者听到他，但是这次仔细看了看，没有错，或许刚才在西餐厅里看到的也是他。

正好遇到一个红灯，她停下车犹豫了一下，想到前不久出差他细心周到照顾她的情形，于是降下车窗，喊了声“叶栩”。

对面的年轻男人抬起头来，茫然朝着她这边望了一眼。她又喊了一声，他似乎这才看到她。

她朝他招手，他迟疑片刻走了过来。

叶栩上了车，脸色并不好看。

叶栩一言不发，低头扣好安全带，抬头看向前方，一个眼神都没往江美希这边投过来。

虽然两人一直有点矛盾，但是自从上次出差回来后，关系明显有所改善，而且他的工作能力让她很满意。所以江美希想，如果搞走他很麻烦，他们能继续这样相安无事，或许留下他也不是件坏事。

车子拐了一个弯，江美希难得地主动示好：“你的那份报告Linda看了，她很满意。”

叶栩无所谓地勾了勾唇角，依旧什么也没说。

江美希接着说：“项目正式启动后，你就是项目组里最熟悉公司情况的人了，好好干。”

这无非就是作为上级和前辈给他的一点鼓励，再正常不过。但叶栩突然回过头盯住她："什么意思，你要退出这个项目？"

江美希不动声色地打着方向盘："我还是项目负责人，不过换Amy带队。你也知道，项目负责人因为同时负责多个项目，基本没办法到现场支援，所以才会有现场负责人。之前说要我去，也是考虑芯薪的情况特殊，不过这次尽调结束，感觉这家公司没之前想的那么糟糕，我接下来这段时间又要忙其他的项目，所以就换人带队。"

叶栩勾着嘴角："真是因为项目冲突？"

江美希的心跳因为心虚有一瞬间的紊乱，但她依旧维持着面上的风平浪静，笑着回答："不然呢？"

车子里再度陷入了沉默。

穿过前面的财经大学，再往前走就是他们住的小区。财经大学附近人来人往，江美希不由得放慢速度。

年轻的大学生们三三两两，忙着买水果、吃夜宵、散步或者在路边拥吻。

本着将两人关系进一步推向和谐正常的上下级关系的美好愿景，江美希勉为其难地关心起叶栩："对了，你还没有女朋友吧？"

其实江美希一直挺避讳这个话题的，但是鉴于近来这段时间，两人谁也没有提过之前那场乌龙，她认为，如果想让那事彻底过去，那么就不能再刻意回避这类话题，越是坦荡，越是能证明过去的已经过去了。

叶栩看向她，似乎不明白她怎么会问起这个。

她尴尬地笑笑，接着说："我是听说公司里很多小姑娘对你印象挺好的，毕竟审计工作还挺枯燥无聊的，抽空谈个恋爱也不错。"

"是吗？"他说话时突然放缓了语速，语气中还有一点她还没来得及搞明白的情绪。

"是啊。"

"那你看谁合适？"

江美希感觉到一道灼热的目光正停留在她的脸上，让她脑中空白了一瞬，但很快，她迅速在脑海中搜罗了几个名字："我们组那个石婷婷你注意到了吗？看得出她对你很有好感。还有税务那边的几个女孩，我在卫生间里听到过她们讨论你……”

叶栩收回视线打断她：“我看穆笛就挺好……”

“她不行！”他话音未落，江美希就立刻打断他，说完才意识到自己有点失态，勉强笑了笑说，“我是说她不太合适。”

叶栩笑得意味深长：“为什么？”

说话间，车子已经进了小区，江美希把车停在叶栩家楼下，想到上一次她从这里狼狈出来的情形，心里有点复杂。

如果没有那件事，他能看上穆笛，她们老江家都要烧高香了，可是现在谁愿意把一个跟自己发生过亲密关系的人和自己的亲外甥女凑一对呢？

她清了清嗓子说：“虽然穆笛也不错，但各方面能力都比你差多了，而且她那叽叽喳喳的性格跟你也不合适。”

“那你觉得谁更合适？”

他勾着嘴角看她，看得她有点发毛。

她突然意识到，说什么和谐的上下级，恐怕是没办法实现了。

想到这里，她也没什么耐心再跟他周旋，淡淡地说：“看你喜欢，但穆笛不合适。”

“你是不是对我的事情太上心了？”他微微侧头看她，“还是你又有了什么新的打算，怕我坏你好事，所以急着安抚？”

江美希虽然不明白他为什么这么说，但他言语中的挑衅她听得清清楚楚。

两人对视了片刻，她冷声说：“下车。”

叶栩对她的突然翻脸也不意外，笑了笑推门下车。

看着他的身影彻底消失在夜色中，她紧绷的神经终于放松下来。小狼崽子果然很难驯服，要怪就只能怪她那天运气不好，走错了门，惹上了他。

回到家，江美希想到叶栩在车上说的话，觉得有必要提醒一下她那傻外甥女。

电话一接通，先传来穆笛抽抽搭搭的哭声。

“怎么了？”江美希问。

“我加班呢。”穆笛委屈地说。

“现在？白天怎么没看到你？”

“Kevin那个变态！前几天他找到我，要我给他的一个项目整理一些资料，当时弄完他也没说行不行，刚才九点多突然给我打电话说资料都不对，要我重新整理，而且明天一早他就要。我只好又跑来公司，这些活儿我之前干了一星期呢！今天晚上估计要通宵了。”

这种事情在公司里早就不是什么新鲜事了，如果是别人，江美希可能说这很正常，但对方是穆笛，她犹豫一下说：“要不，我现在去公司吧？”

“别别！”穆笛连忙压低声音说，“你回来帮我太奇怪了，办公室里还有别的同事，而且Kevin也在。”

江美希想了想，要留在U记，谁也不会例外，总会经历一次又一次委屈，就像穆笛今天这样。每一次都觉得这一次一定是最惨的了，但是偏偏还有下一次，让她再一次崩溃。

江美希比谁都清楚这个过程，但人就是在这一次又一次的自我突破中成长起来的。所以穆笛早晚要自己面对这些。

“那你自己能搞定吗？”

“我尽力吧。不过小姨，我真的不想跟着他做项目，他真的好变态的，把我后面的时间都占满了……”

“什么？！”

这还没到抢人的时间，她本来想着那个IPO项目确定后带上穆笛，没想到陆时禹下手更早。

“我今天知道的时候也很郁闷，想找你说一下的，一直没时间。”

江美希深吸一口气：“你先别着急，明天我去找他谈。”

穆笛有点紧张：“你找他谈会不会暴露啊？毕竟你和他水火不容好些年了，他要是知道咱俩的关系，我可就更惨了……”

江美希被她哭得心烦意乱：“别哭了，先把今晚的工作搞定吧。”

“嗯……哦，对了，你打电话找我什么事？”

江美希想了一下说："不是什么重要的事，以后再说吧。"

"那先这样吧，祝我早日脱离那个变态的魔掌！"

穆笛挂上电话一回头，刚刚打印好的文件又"哗啦啦"掉在了地上。

"……Kevin？"

陆时禹垂眸看着她，笑得很无害："我就说让你打印几份文件怎么这么半天还不回来，原来是在打电话啊。哦，对了，你说的那个变态是谁呀？"

江美希一整晚也没怎么睡好，早上和老江女士通了电话才知道，穆笛是将近凌晨四点时被陆时禹送回家的。

于是她到公司的第一件事，就是找来秘书林佳要组里各个员工的时间表。果然，穆笛后面几个月的时间全部被陆时禹占住了。

江美希二话不说直奔陆时禹的办公室。

陆时禹见到她做出一副很意外的样子："怎么一大早火气就这么大？"

江美希扫了他一眼，他差不多一整晚没睡，竟然还是神采奕奕、精神抖擞的样子，衬衫西裤熨帖笔挺，头发都梳得一丝不苟。

果然很变态！

她开门见山道："把我的人放出来。"

陆时禹愣了愣："什么你的人？"

江美希咬牙切齿："穆笛！之前我的项目都找她提前看过资料了，你凭什么抢占她的时间？"

"我当什么事呢！"陆时禹懒懒靠在椅背上，"我说美希啊，你又不是不懂规矩，这事就是比谁手快啊！你都想着要用她了，就早该占住她的时间啊，现在我项目上的人手确定好了，你来跟我要人，我也很为难啊。"

这事江美希也无奈，因为每年要抢的都是固定负责某个项目的人，恰好江美希负责的几个项目上的人今年都还在公司，一时半会儿没有腾出来的位置，只能是新的项目里安插新人。

现在才9月，江美希接的新项目只有一个芯薪的IPO项目，前期没有定下来是否要继续合作，预留人员不能太多，她就只锁定了叶栩，现在刚想把穆笛拉进来，结果就被陆时禹这老狐狸捷足先登了。

江美希被陆时禹气得够呛，也不跟他讲道理了，她探身支在他面前的大班台上，狠狠地看住他：“芯薪的IPO项目需要用人，你快把人给我放出来！”

陆时禹端着手臂扫了眼窗外，大办公区里的人看似都在埋头干活，但是他们时不时瞟向他这边的小眼神，他又岂会捕捉不到？不过有一个人，倒是不躲不闪大大方方的，甚至和他目光对上时，也不曾躲避。

陆时禹收回视线重新看向江美希：“其实也不是不能换人，但我有什么好处呢？”

江美希愣了愣，脑子里飞速想着有什么资源可以跟他交换。而就在这时，她的上身突然失去了支撑，整个人朝着陆时禹扑了过去。

原来是陆时禹抽走了原本被她压在手掌下的一份文件，让她一时失去了平衡。

叶栩的周围传来此起彼伏的抽气声，有人小声议论：“是我眼花了吗，谁说一山容不得二虎来着？”

“难道他俩早有奸情？”

“相爱相杀是不是这么用的啊？”

“我怎么突然觉得这对有点萌了？”

穆笛也不可置信地看着陆时禹办公室的方向，委屈得想哭——她小姨为了她真的牺牲很多了！

而就在这时，让大家更加躁动不安的事情发生了——陆时禹扶住倒在他身上的江美希，透过窗子扫了窗外众人一眼，然后突然起身走到窗前，将百叶窗换了个方向，顿时里面的情形被遮得严严实实。

有人激动地敲着叶栩的办公桌隔板：“喂！看到了没？明天BBS上肯定又有大八卦了！”说完没听到叶栩回应，忍不住伸着脖子过来看他，“咦，你脸色怎么这么差？不舒服吗？”

叶栩像没听见一样，依旧死死盯着那扇什么也看不见的窗户。

那位同事见他这样，也就没再说什么。

见陆时禹拉窗帘，江美希倒是不会想歪：“你干什么？”

“当着下级的面抢人不丢人吗？”陆时禹给出一个很合理的解释。

江美希不疑有他，继续跟陆时禹讨价还价：“等这个IPO项目过后，年底还有不少年审项目，到时候我的人借你用两天。”

“那时候已经晚了，我这儿有个临时的并购项目，也急着用人。这样吧……”陆时禹思忖一下说，“你不是想要穆笛吗？那用其他人来换吧。”

江美希心里升起一丝不好的预感：“你想换谁？”

“叶栩。”

“不行！”

陆时禹狐疑看她：“为什么啊？你不是跟他挺不对付的吗？都说那小子在追你，你要是不乐意，老同学我不介意帮你分忧啊！难道……事情真相不是外面传的那样？”

江美希看他，一脸嫌弃：“想不到你一个男人还真八卦！”

陆时禹也不生气，哈哈笑着：“我这不是关心老同学吗？别人想让我八卦，我都没兴趣！”

“别想了，我不换。”

其实除了不想让陆时禹和叶栩趁机勾搭外，江美希还有一个考虑——芯薪的项目按正常工作量需要六个人做三个月。但是这个项目的时间段不太好，正好赶上年底，还有很多年审项目，所以不得不强行压缩成两个月。而且之前算上穆笛才刚够六个人，现在穆笛被陆时禹抢走了，项目组就只有五个人了。

少一个人，少一个月，如果再把对客户情况最了解且工作能力相对较强的叶栩换掉，那这个项目恐怕要完。

所以，说什么江美希也不能在这个时候放走叶栩。

“为什么啊？”陆时禹问。

江美希抬手看了看时间，眼见着今天肯定是谈不拢了，而她后面还有个会，也就没兴致再和他周旋下去了。

“为什么？”她瞥了他一眼，“你不是最清楚吗？”

陆时禹疑惑地看向她。

她已经走到门口，临出门前丢给他一句话：“还要感谢你啊，替我招了这么得力的一个人。”

陆时禹无疑被气得够呛，他最见不得江美希那小人得志的样子，想到自己又给她做了次嫁衣，心里也忍不住烦躁后悔。

可当他打开邮箱，看到穆笛发来的资料清单目录后，他就更烦躁更后悔了！

他要是江美希，饶是真和穆笛有什么关系，也不愿意拿叶栩换穆笛啊！

就一份简简单单的资料目录，粗略一扫之下，就有五六处拼写错误！这丫头的英语是学校保安教的吗？

众人只见江美希刚离开陆时禹办公室没多久，穆笛就被一个电话灰溜溜地叫了进去。

门关上，百叶窗拉着，众人虽依旧看不到里面发生了什么事，但是不负众望，大家又听到了笑面虎Kevin久违的雷霆怒吼！

“之前让你整理一点项目文件，你用了一个星期，结果给我一大堆乱七八糟缺页断码的，害我昨晚跟你通宵！今天让你发一份资料清单给我，这通篇加起来不超过一百个单词，你都能错这么多，你到底是怎么进公司的！”

穆笛被震得小心肝打战，但从小练就的狡辩功夫让她在这种情况下依旧应对自如。

她小声嘀咕：“是你把我招进来的啊……”

陆时禹听到这句话，差点被自己的口水呛死，狂咳几声，无奈抚额：“现在回去就给我改，有不清楚的查字典问人都可以，总之再发给我的时候，我不允许有一丁点错误！另外，我们后天一早出发去客户公司，你还有两天的时间把昨天没整理完的资料整理好，打印装订出来装箱，然后给团队所有人订机票、酒店，准备出差用的文具等。我不想再说第二遍，有不懂的就去问问别人。”

穆笛不住地点头。而陆时禹似乎连看她一眼的力气都没有了，烦躁地朝她挥挥手示意她出去。

穆笛昨晚几乎没睡，一大早又挨了一顿骂，现在精神和身体上都已经到达了极限，忙了一上午也没什么太大的收获。

下午时她实在撑不住，又给江美希打了个电话。

江美希想着，她这次肯定是要安慰安慰穆笛了，但正是上班时间，办公区人多嘴杂，于是两人就约在楼梯间见面。

穆笛一见江美希又开始哭，江美希怕被什么人出来撞上，拉着她朝楼上走了半层。

旁边有一扇玻璃小门，下午的日光透过玻璃门照射进来，把两个人的影子拉得长长的。

穆笛说："我最近真的压力好大，什么都不懂，还什么都要用英文写，有时候特别想表现好一点不被骂，但是不知道从哪儿开始努力。"

这种感觉江美希太了解了，她刚进公司的时候也经历过这个阶段，但她不能告诉穆笛"没事的，能过去的"，因为很多人还没等熬过去就已经被迫离开公司了。

优胜劣汰，适者生存，是这里的规则。

江美希端着手臂看着她："别哭了，先解决眼前的事情，你说什么资料找不到？"

穆笛想了一下说："有好几份，Kevin让我去问客户坏账计提政策，他给了我一个号码让我去问客户，但我打过去，人家说不负责这个，可我又不知道这个东西该找谁问。"

"还有其他的吗？"

"还有……不过我现在记不住了。"

江美希说："你一会儿回去发短信给我，我告诉你去找什么部门的人要，有问题再联系。"

"小姨，你说Kevin会不会开了我啊？"

"怎么会？他还没这个权力。"

"他从一开始就没想录用我是不是？你说你没在面试中做什么，

但他却怀疑咱俩了，你肯定帮我说话了吧？我要辜负你了……”

江美希安慰穆笛：“我也没说什么，就是跟他交换了条件。”

穆笛收住眼泪：“什么条件？”

江美希这才意识到自己说多了，正想低头再安慰她几句，突然注意到她们脚下有三个人的影子，除了她和穆笛的，还有一个更高更长的。

江美希抬头朝着穆笛身后的小阳台看去，这才注意到玻璃门旁还真站着一个人，只是那人应该是靠在玻璃门边那堵墙上的，所以从她这个角度看不到他，但是他好像也完全没有避着她们的意思——时不时抬手将香烟送到嘴边，分明不怕被人看到。

江美希看着那只骨节分明夹着细白烟卷的手，对穆笛说：“你先回去吧。”

穆笛抬头：“你不回去吗，小姨？”

“我还有别的事情要处理一下。”

穆笛擦干眼泪：“那我先回去干活了。”

送走穆笛，江美希抬头看向小阳台，叶栩正好从里面拉开玻璃门，另一只手指间轻烟袅袅。

“你偷听。”江美希冷冷地说。

叶栩随意地敲了敲玻璃门：“是你太不小心。”

江美希这才看到，上面有“吸烟处”三个字。他们公司还有这种地方？

“不过你不说我还不知道我自己是怎么进的U记。”

江美希面不改色：“不知道你在说什么。”

叶栩笑：“所以你和Kevin的交换条件是什么？他同意破格留下穆笛，所以你必须同意留下我吗？所以该感谢的不是U记的公平公正，而是Kevin？”

到了这一刻，江美希才知道什么叫祸不单行。

让叶栩知道了她其实一直不想让他进U记，相反陆时禹很欣赏他，所以他会去投奔陆时禹吗？两人会因为长时间的工作交集无话不谈吗？那他们之前的事情，是不是也早晚会被陆时禹那大嘴巴的老狐狸知道？

想到这些，江美希突然有种从他身后的阳台跳下去的冲动。

半晌，她认命地点点头："随便你吧。"

叶栩收起脸上的笑意："也包括穆笛的事吗？"

听到他提穆笛，江美希的眉头又皱了起来。她已经在职场摸爬滚打这么多年了，在此期间，她付出的努力，练就的能力，都不是一般人能比的。她自问还没有什么事情能真正地击垮她，哪怕真的有不好的传闻流传出去，哪怕真的因此不能晋升合伙人，那又怎么样？她的路还宽着呢！

可是，穆笛不行，现在的一丁点挫折都可能击垮她，她还需要磨炼成长，但她希望能给她创造更多的时间和空间。

江美希深吸一口气："你想怎么样？"

叶栩低头吸了口烟，再抬头时，一口烟雾尽数喷在了江美希的脸上。

江美希一时没防备，差点被呛出眼泪，缓过来后只顾怒瞪着他，表达自己的不满。

叶栩却缓缓勾起嘴角，淡淡吐出两个字："吻你。"

"啊？"

还没等江美希回过神来，他夹着烟的那只手突然伸向她的脑后，将她按向他。

淡淡的薄荷香带着略微的烟草气，和过去的两次一样又不一样，比以往更浓烈，更缠绵。

江美希像是被抽空了一些样，整个人绵软无力，踩着高跟鞋的双脚不小心一崴，险些摔倒，还好他另一只手适时地托起她的腰，让她重新找到支撑点来承受来自他的压力。

有那么一瞬间，她很想拥抱面前的年轻男人，但是当手指触碰到他微微起伏的胸膛时，她还是选择推开他。

叶栩被她推开，也不生气，只是笑着瞥了眼她身后的楼梯上方，那里早已没有了人。

他低头看面前的人，她正恼羞成怒地瞪着他。

"你觉得我很好欺负是不是？"她问。